俳句いまむかし

坪内稔典

毎日新聞出版

目次

まえがき

講演などの後で、すっと近寄って来る方があって、季語刻々のファンです、と告げてくれる。最初から切り取ってますよ、と分厚いスクラップ帖を持参して見せてくれる人もある。季語刻々を読むために新聞をとっています、という人までいて、そういうときはちょっといい気分になる。起きるとまず季語刻々を見て自分の朝が始まる、という人も多いみたいだ。

自慢話をしている感じだが、季語刻々の連載が毎日新聞の社会面で始まったのは二〇一〇年五月一日、今や十年を超えて続いているのだから、多少、自慢してもいいかも。もっとも、いろんな人に助けられて連載は続いている。まずは読者の方々。そして、この連載の担当記者、新聞社の校閲係など。校閲はかなりきびしくて、時には立腹することもある。だが、きびしいことに次第に慣れ、校閲の指摘を楽しみに待つようになっている。何回分かをまとめて校閲してくれるのだが、指摘がさほどないと今では多少がっかりする。私の書き方に刺激や独創を欠くのか、と思うのだ。

この本は、十年を超えた季語刻々のセレクト版である。編集してくれたのは、毎日新聞出版の宮里潤さん。彼は、今昔の対比が効いていること、今の句がとりわけ現代的であること、俳句や作者がバラエティに富むこと、一つの章に登場する季語は原則一つ、などの基準を設け、四季四章四百句からなるこの本を編んでくれた。右のような基準があったところで、私にはとうてい出来ない作業である。彼が現れて、この本を作りたい、と言ってくれたので実現したのだった。

季語刻々は一つの季語について、今と昔の句を挙げ、私の感想をなにか書くというスタイルで続いてきた。今の句の作者は現存者、昔の作者は物故者という原則だが、この本を編む時点で他界した俳人が幾人もいる。そこに、ありありと十年の歳月を感じる。

さて、新型コロナウイルスの流行は、俳句をも脅かしている。俳句には、句会を中心にした文芸、という一面があるが、句会や吟行などのいわゆる創作の現場をコロナは奪っている。オンラインの句会が始まっているがまだ手探りの状態だ。俳句もまたコロナとの日々を生き抜き、新しい句会や俳句仲間を作ることになるだろう。この本、そのようなコロナの日々において、ちょっとした俳句作りの手掛かり、あるいは、読書の楽しみになってくれたら、と願っている。

坪内稔典

装丁・イラストレーション　南伸坊

春

いま

立春のサラダの塩の甘さかな

天野きらら

リッシュンという音が好きだ。この句、サラダの野菜（たとえばキャベツやセロリ）をかむ音にリッシュンという響きがあるような。リッシュンの響きの中では塩もほどよく甘い。「立春やゆつたゆつたと牛の尻」もきららの作。

ちなみに、このところの私の朝食は牛乳、チーズ一片、ヨーグルト、あんパン一個、りんご半分。

むかし

先ゆくも帰るも我もはるの人

加舎白雄《かやしらお》

「はるの人」は春の人。今、だれもが「春の人」になっている、自分も「春の人」だ、という句。暦の上では毎年、二月三日から四日が立春である。その立春になったばかりの気分を詠んだ。作者は江戸時代中期に活躍した信州ゆかりの俳人。

季語の春は立春に始まる。立春のころは一年でもっとも寒い時期だが、春を先取りして楽しむのだ。先取りすることで心がぽかぽか春になる。

いま

落椿《おちつばき》とはとつぜんに華やげる

稲畑汀子《ていこ》

落ちた途端に椿の花が華やかになった、という句。樹下の芝生などにころがって花の存在感が際立ったのであろうか。

木偏に春と書く椿はまさに春の木だが、それぞれの季節のついた木が以下のようにある。榎、楸、柊。エノキ、ヒサギ、ヒイラギである。楸は古名で、キササゲかアカメガシワを指したらしい。

むかし

赤い椿白い椿と落ちにけり

河東碧梧桐《へきごとう》

赤い椿が落ち、続いてすぐそばの白い椿が落ちた、という読み方がある。この句を「印象明瞭」な句としていちはやく評した正岡子規は、すでに花は落ちているのだと見た。つまり、落ちた花の赤いかたまりと白いかたまり、その二つが並んでいるのだと見た。

この句、一八九六（明治二十九）年の作。当時、碧梧桐は二十三歳であった。

いま

春の雪語れば愛が崩れそう

連《むらじ》 宏子《ひろこ》

立春を過ぎると、季語における雪は「春の雪」、風は「春の風」、朝は「春の朝」だ。春をつけると何だか寒さがゆるむ感じ。そういえば、立春後の寒さは「春寒《はるさむ》」、または「余寒《よかん》」である。

この句、牡丹雪のようなふわふわの雪の中に恋人どうしがいるのだろうか。私も「牡丹雪ぼくもあなたもかりんとう」と作った。

むかし

春の雪ふる女はまことうつくしい

種田山頭火《さんとうか》

「春の雪」は立春以後の雪である。関東以西の太平洋側では思わぬ大雪になることがあるが、溶けやすく消えやすいのが季語「春の雪」の特色だ。「牡丹雪」とも呼ぶ。

この句、一九三六（昭和十一）年、山頭火五十三歳の作。旅の途中で現在の兵庫県・宝塚市に寄った折の感懐。ふわふわと舞う春の雪の中で宝塚歌劇のスターにでも出会ったのだろうか。

いま

地球にも河馬にもくぼみ冴返る

中林明美《あけみ》

季語「冴え返る」（冴返る）は立春後の強い寒気を言う。「余寒」「春寒」と同じだが、寒さをより鋭く感じるのがこの「冴え返る」。今日の句、冴え返る動物園で河馬を見ているのだろう。地球のくぼみにいるみたいに寒いが、河馬も頭や背にくぼみがあるなあ、とふとおかしくなったのだ。おかしくなった途端に少し寒気がゆるんだ。

むかし

冴え返る音や霰《あられ》の十粒程

正岡子規《しき》

霰が少し降った。それが「十粒程」。そのわずかな霰の音に子規は「冴え返る音」を聞いた。季語「冴え返る」は立春後に感じる寒気だが、寒さの音を十粒の霰で表現したのはさすがに子規、うまい！

「立たんとす腰のつがひの冴え返る」も子規。「腰のつがひ」は腰骨だが、立とうとしたら腰骨がきしみ冴え返る音を立てたのか。

いま

ＪＰは〒《ゆうびんきょく》なり風光る

高田留美《るみ》

春のひざしが風できらきらする、それが季語「風光る」。この句、ＪＰという文字がきらきらしている。それを見て、あれは〒のマークと同じ意味だ、と納得している。いや、納得しないで、「〒」のマークだけでいいのに、と思っているのかも。そういえば、ＪＡ、ＪＴ、ＪＲなどよく似たアルファベットの会社・団体名がある。

むかし

風光る蝶の真昼の技巧なり

富沢赤黄男《かきお》

光る風に乗って舞うそのようすの見事さ、それが「蝶の真昼の技巧」だろう。風に舞う軽やかな蝶は、確かに難度の高い技巧を発揮しているかのように見える。「蝶墜ちて大音響の結氷期」も赤黄男。この句は風に舞っていた蝶の死を詠んでいる。凍った蝶が空から墜落して氷の大きな音の響く光景はまるでこの世の終わり。

いま

餡パンが出てあたたかな句会かな

岩岡中正《なかまさ》

この句、気候の「あたたか」（春の季語）と気分のあたたかさを重ねている。作者は熊本市在住、俳句雑誌「阿蘇」を主宰している。

中学の校長をしていたころ、転校生の保護者が段ボールにいっぱいの餡パンをくれた。心ばかりのお礼です、職員会議で先生方とどうぞ、と。餡パンを食べながらの職員会議はあたたかに進行した。

むかし

梅一輪一輪ほどのあたたかさ

服部嵐雪《らんせつ》

この句、よく知られた句だが、江戸時代から読みが揺れている。

一つの読みは梅を寒中の梅とし、梅が一輪咲いた、気候にその一輪の梅くらいの暖かさを感じるなあ、と冬の句として読む。他方の読みは、梅を早春の梅と見て、梅一輪を咲かせているわずかな暖かさに春の訪れを実感するという読み。私は後者の読みが好きである。

いま

青空に触れし枝より梅ひらく

片山由美子

枝先に咲いている数輪の梅。この枝はきっといち早く青空に触れたのだ。それで真っ先にこの真っ白い梅が咲いた、という句。青空に触った枝、という発想が楽しい。私も手をのべて空に触りたい。

わが家の小さな庭でも白梅が咲いている。もらった鉢植えの梅（盆梅）を地植えしたらうまく育った。その梅に毎日メジロが来る。

むかし

梅が香にのつと日の出る山路かな

松尾芭蕉

「のつと」はぬっと。晩年の芭蕉は心身を軽くする〈軽み〉を俳句に求めた。この句の「のつと日の出る」ようすはいかにも軽快、しかも生き生きとしている。一六九四（元禄七）年、亡くなる年の作である。

ちなみに、芭蕉は遺書において、俳句は〈老後の楽しみ〉だと弟子たちに説いた。老いを生き生きさせるものが芭蕉の俳句だった。

「いま」

佐保姫《さおひめ》の先駆けとなる白い雲

鈴鹿仁《めぐむ》

佐保姫は日本の春の女神。佐保姫が訪れると春になるのだが、その佐保姫、霞の衣をまとっているという。この句、空に浮く白い雲に佐保姫の気配を感じた。

仁は一九二九年生まれ。京都で活躍した俳人・鈴鹿野風呂《のぶろ》を父とする。佐保姫の句は句集『神麓《しんろく》』（東京四季出版）から引いた。「冴返《さえかえ》る男ごころのうら表」も仁の作。

「むかし」

佐保姫の春立ちながら尿《しと》をして

山崎宗鑑《そうかん》

季語「佐保姫」は春の女神。その女神が春になって立ったまま小便をしている、という句。おおらかで明るい春の光景だ。

この句、室町時代の俳句を集めた『新撰犬筑波集《しんせんいぬつくばしゅう》』に出ている。「霞の衣すそはぬれけり」という前句に対して宗鑑が付けたのがこの句だ。当時、女性の立ち小便はごく普通のことだったらしい。

いま

おじゃがに芽もやしに根っこ猫に恋

池田澄子《すみこ》

じゃがいもには芽が、もやしには根が、猫には恋がつきものだという句。季語は「猫の恋」。三つもの事物を列挙すると、短い表現の俳句では意味不明になりがち。ところが、この句では三つがなんとなくうまく調和して早春の風景になっている。しかも、「に」を反復した勢いのよい表現に早春の快さを感じる。見事な現代の句だ。

むかし

恋猫の恋する猫で押し通す

永田耕衣《こうい》

猫は年に何回か繁殖期があるが季語では早春の猫に限って「猫の恋」と呼ぶ。早春の恋する猫は、寝食を忘れてさまよい、切ない声で鳴き、雌を争って雄たちが激闘する。その恋に夢中の猫たちを詠んだのがこの句。「猫の恋」は和歌や連歌という雅の詩では詠まれなかった。俗事に詩を見つける俳句において取り上げられてきた。

いま

春の雷わたし好みを知るアマゾン

秋山泰《やすし》

季語「春の雷」は「春雷」とも言い、立春後の雷を指す。その雷、何かを予感、予知する感じだ。この句、インターネット上の人気の商店をいちはやく詠んだ。私は本や酒をアマゾンで買うが、購買履歴を元にして「わたし好み」の本や酒を次々に教えてくれる。泰さんは京都市在住。句集『流星に刺青《いれずみ》』（ふらんす堂）から引いた。

むかし

春雷は空にあそびて地に降りず

福田甲子雄《きねお》

春雷は寒冷前線にともなって発生することが多いらしいが、一つ二つ鳴って、そのままやんでしまったりする。そういう春雷のようすが「空にあそびて」。夏は激しく落雷するが、春の雷は遠くの空で遊んでいる感じ。そういえば、若い日の私の句に「ゆびきりの指が落ちてる春の空」がある。この落ちている指は春雷に似ている？

いま

十代の尖りてゐたる蕗の薹《とう》

井田美知代

蕗みそでも食べていて、その早春らしい苦みから十代の尖っていた日々を思い出したのだろう。私なども十代はひどく尖っており、フキノトウなどにはまったく関心がなかった。やや円くなったころ、フキノトウががぜん美味になった。句集『遠い木』（ふらんす堂）から引いたが、次が表題作だ。「遠い木のやうに子のゐる弥生かな」。

むかし

にがにがしいつまで嵐ふきのたう

山崎宗鑑

苦々しいことだ、いつまでも嵐が吹くのは、という句。だが、その苦々しさはフキノトウの味でもあり、よく吹くなあ、と思いながら春の情緒を楽しんでいる。にがにがしとフキノトウは縁語、嵐ふきの「ふき」は嵐とフキノトウに掛かる掛けことばだ。宗鑑は室町時代に活躍した連歌師。俳句の始祖とされている。

いま

春寒き死も新聞に畳まるる

津川絵理子

「春寒き」は「春寒」、つまり春になっても残っている寒さをさす季語。「死も新聞に畳まるる」は、死を報じる記事が畳まれること。春寒の候にがさがさと新聞を畳むと、その音が寒々と響くが、その音の中で、人の死もまた過去の出来事として畳まれてゆく。この世の無常を早春の新聞を畳むようすに見いだした現代の秀句だ。

むかし

ありく間に忘れし春の寒さかな

栗田樗堂《ちょどう》

「ありく」は歩く。歩いている間に心身がぽかぽかしてきて、春の寒さを忘れたよ、という句だが、この感じ、よく分かるなあ。むしゃくしゃした時、気落ちした時などでも、どんどん歩くと心身が温かくなってくる。特に春寒の候にそれは顕著。春寒の候は外に出て歩くべき候かも。樗堂は四国・松山で活躍した江戸時代の俳人。

いま

唐津これ陽炎容《い》る、うつはもの

高山れおな

句集『冬の旅、夏の夢』（朔出版）から。句集ではこの句に並んで、「伊万里これ囀り容る、うつはもの」「備前これ春雷容る、うつはもの」がある。それぞれの焼き物に季語を入れた句作りだが、いかにもぴったりという感じ。いっそう全国の焼き物に季語を入れてみたくなる。季語「陽炎」は『万葉集』以来の古い言葉。ゆらゆらが春に似合う。

むかし

枯芝ややややかげろふの一二寸

松尾芭蕉

「枯芝」は冬の、「かげろふ（陽炎）」は春の季語。この句、季節の違う季語を駆使した傑作だ。眼前にあるのは枯芝、すなわち冬の風景だが、陽炎が少しゆらゆらして、そのゆらゆらに春が感じられる。冬の風景に兆す春、それを「かげろふの一二寸」が具体的にとらえている。こんな句を見ると、芭蕉ってうまい、とつくづく思う。

いま

水溜りにもうすらひの汀《みぎわ》あり

行方《なめかた》克巳

「うすらひ」は春さきに薄く張る氷を指す。「うすごおり」とも言い、どちらも「薄氷」の字をあてる。要するに薄くてすぐに解けるのが春の氷だ。この句、その薄氷を陸のように見ている。陸である氷が水溜りの水に接するところ、それが「汀」だ。氷に汀、すなわち水辺や水際があるという見方、それがなんだか楽しい。

むかし

薄氷の裏を舐めては金魚沈む

西東三鬼

「薄氷」はウスライ、またウスゴオリ。早春の季語だ。この句、薄氷が張って、キンギョがその氷の裏を舐めて沈んだ、という風景。作者は「裏を舐めて」と表現しているが、キンギョからすれば表かもしれない。わが家には庭の小鉢にメダカがいる。私はときどき上からのぞくが、メダカの目には水の裏の人間と見えている？

いま

人並みであってたまるかいぬふぐり　武智由紀子

句集『お福分け』（自家版）から。一九四四年生まれの作者は京都府宇治市に住み、六十歳を過ぎてから俳句を始めたという。私と同年のこの作者の「人並み」を拒否する気概がうれしい。群れて咲くイヌフグリだが、よく見れば花の一つ一つが違っている。それに、花の乏しい春先に咲くこと自体、イヌフグリの独自性の主張かも。

むかし

親しくて好きではこべら犬ふぐり　遠藤梧逸《ごいつ》

ハコベやイヌフグリはいわば道端の草花、別の言い方をすれば雑草だ。園芸種の大事にされる草花ではなく、ハコベなどが好きというのは、これまさに俳句的精神かも。この句にならえば、「親しくて好きであんパン春のカバ」「親しくて好きでハッサク伊予柑も」などが私の気分だ。読者のみなさんも「親しくて好きで」の後をどうぞ。

いま

葦芽ぐむ圧縮ファイル解凍中

川島由紀子

葦の芽を季語では「葦の角《つの》」と呼ぶことが多い。やわらかいはずの芽が、とても硬い角のように見えるその矛盾、あるいはその意外性が俳人に受けているのだ。

この句、その葦の角のほぐれる（芽ぐむ）さまを「圧縮ファイル解凍中」と表現した。いかにも現代的な表現だ。「葦芽ぐむボートのオール立てなさい」は私の句。

むかし

庭踏んで木の芽草の芽なんど見る

正岡子規

庭を歩きまわって、木や草の芽などを見つけて楽しんでいる句。この句はまだ歩けた時期の作だが、やがて子規はカリエスが悪化し、執筆、読書、食事、排せつなどの一切を病床でするようになる。そんな子規の楽しみはガラス戸越しに見える庭。一九〇一年には歩く自分を想像して、「木の芽ふく十坪《とつぼ》の庭を散歩かな」と詠んだ。

いま

農学部ぺんぺん草もよく育ち

森田峠

ぺんぺん草は薺《なずな》。道端などで普通に見かける春の草だが、それが農学部構内でよく育っている。育てているわけではなく、勝手に生えているのだろうが、それを見て作者はいい気分になっている。雑草をも許容する農学部に、たとえば懐の深さを感じているのだ。「風車一つ回ればみな回る」「男爵ありますと貼り紙種物屋」も峠。

むかし

よく見れば薺花咲く垣根かな

松尾芭蕉

薺は春の七草の一つだが、ぺんぺん草、三味線草とも言い、道端などに生えている。雑草の代表みたいな草なので軽視されがち。その薺を、これもよくよく見たらとてもいい花だよ、と薺の存在を認めたのがこの芭蕉の句である。芭蕉の句に和した与謝蕪村は、「妹《いも》が垣根さみせん草の花咲きぬ」と詠んだ。「妹」はいとしい人。

いま

蟇《ひき》穴を出づ食うだけはかせぎたし

大口元通《もとみち》

啓蟄《けいちつ》は地中から虫が出てくるころとされている。穴から出てくる代表は蟇（ヒキガエル）であろうか。繁殖期の彼らは池などに集まってにぎやかに交尾する。

この句、自分も閉じこもっていないでせめて食うだけの働きはしたい、というもの。作者は一九二八年生まれ、名古屋で産婦人科の医者をしながら俳句を作った。

むかし

痩蛙まけるな一茶是にあり

小林一茶

蛙合戦を見に行って作った句だという。所によって時期がずれるが、ヒキガエルは二月から三月にかけて池などに集まって交尾する。何百という蛙が集まるらしい。その繁殖期の集まりを蛙合戦と呼ぶ。オスの抱きつく力は強く、時にメスを抱き殺すこともあるという。一茶の句、その蛙合戦の痩せて弱そうなオス蛙を応援している。

いま

春眠の目覚めにダリの時計鳴る

橋本美代子

「春眠」は唐代の詩人、孟浩然《もうこうねん》の「春眠暁を覚えず、処々啼鳥《ていちょう》を聞く」に基づく近代の季語。起きるのがいやになるくらいの春の快い眠り、それが春眠だ。

この句、目覚まし時計が鳴って目を開けたら、時計がぐにゃりと溶けているように見えた。あのサルバドール・ダリの描いた時計のように。ダリも春眠派だった?

むかし

春眠をむさぼりて悔なかりけり

久保田万太郎

季語「春眠」は朝の眠りだけでなく、昼間や宵のうたたねをも言う。要するに春の睡魔、それがなんとも快い春眠である。

私は目が覚めるとすぐ布団を出たくなるので、朝の眠りの快楽には無縁。そのかわり、昼間の電車でよく寝る。というか乗るとすぐ寝ている。一時間くらいの昼寝専用電車を走らせて、と願っている。

いま

春の水とは濡れてゐるみづのこと

長谷川櫂

季語は「春の水」。春の水は雪どけの豊かな水をいい、河川のたっぷりした流れ、満々とたたえた湖沼の水を指す。冬場の枯れた水から一転、勢いや生命力に満ちているのが春の水だ。それを「濡れてゐる」と表現し、いかにも水という感じをとらえた。「みづ」と平仮名で表記したのはその濡れている感じの見事な表現である。

むかし

春の水所々に見ゆるかな

上島鬼貫《おにつら》

季語には本意（ホイまたはホンイと読む）がある。歴史的に積み重ねてきた意味である。「春の水」だと、雪どけで水が増え、豊かに流れる川、あるいは水量が多くなった池や沼の水をいう。つまり、水の豊かさが季語「春の水」の本意。この句、河原のあちこち、または枯れ草の間に水が光っている。水が増え、春がやってきた。

いま

摘む駆ける吹く寝ころがる水温む

神野《こうの》紗希

それぞれの動詞は春らしい動作を連想させる。「摘む」は若菜摘みを、「駆ける」は草の芽吹いた土手などを走るさまを、「吹く」はしゃぼん玉を、「寝ころがる」は青草に転がっているのかも。最後の動詞「水温む」は春になって水を温かく感じることを指す季語。この句、実は水温む候のようすを四つの動詞によって巧みに表現したのだ。

むかし

水ぬるむ頃や女のわたし守

与謝蕪村

この句を知ってちょっと驚いた。蕪村のいた江戸時代、すでに女性が渡し舟の船頭として働いていたことに驚いたのだ。もっとも、この女性の船頭は、水がぬるみ、気候がよくなってから登場した臨時の渡し守かも。蕪村はその臨時の渡し守を珍しがって句にしたのか。「渡し場や片足ぬらす春の水」「春水や四条五条の橋の下」も蕪村。

いま

水色の洗濯ばさみ若布干す

松尾隆信

春はワカメを刈る季節。刈ったワカメは海岸などで干すが、この句、水色の洗濯ばさみにはさんでいるのを見て、その色の洗濯ばさみがワカメ干しにとてもふさわしいと思ったのだ。そうかもしれない。ちなみに、先日、淡路島に行った際、私は名物の鳴門ワカメを買ってきた。あぶって酒のさかなにするつもり。磯が香るだろう。

むかし

汁の子もうみ出でてよきわかめかな

松永貞徳《ていとく》

貞徳は江戸時代初期の俳人。俳句は日常語（俗語）の詩、と定義し、俳句流行のきっかけを作った。「汁の子」、すなわち汁の実（具）が日常語だが、ワカメが汁の実になっているのを、若い女《め》が子を産んだと見た。子持ちワカメを詠んだとも考えられるが、汁の実にするのは普通のワカメだろう。ともあれ、ワカメの緑がきれい。

いま

瞑《めつむ》りてをり囀《さえずり》に触れるため

武藤紀子

目をつむっている、小鳥の囀りに触れるために、という句。囀りという音を、聴覚だけでなく、触覚でも受け止めようとしているのだ。その姿勢、すてきではないか。そういえば、江戸時代の俳人、上島鬼貫に「鶯の青き音をなく梢かな」がある。鬼貫は囀りを色として、すなわち、視覚で受け止めた。これもまたすてきだ。

むかし

囀の甘えたりしが後《あ》と静か

川端茅舎

囀りは繁殖期のオスの行動。相手（メス）を求めてしきりに鳴く。この句、甘えた声を出していたオスは婚活に成功したということか。進化生物学者の岡ノ谷一夫さんは、鳥の囀りはヒトの言語の元になった、と説いている（『さえずり言語起源論』岩波書店）。囀りの技があがると、メスを魅了するばかりか、新しい文法を作るらしい。

いま

馥《ふく》郁《いく》と春の鷗となりにけり

日下野《ひがの》由季

カモメは季語ではない。だから、春には「春の鷗」と呼ぶ。その「春の鷗」を「馥郁と」と形容すると、カモメがとてもすてきに見える。「春の岬旅のをはりの鷗どり／浮きつつ遠くなりにけるかも」。これは三好達治の詩集『測量船』（一九三〇年）にある短詩。私も岬の春のカモメに会いに行こう。この句の作者は俳句雑誌「海」に拠る。

むかし

少年や六十年後の春の如し

永田耕衣

目の前に少年がいる。彼を見ながら、この少年は彼の六十年後の春そのものだ、と感じた。以上のような句だが、少年の中に六十年後の老人がいる、っていいなあ。こういう見方をすると、老人の中には逆に六十年前の少年がいる、ということになるだろう。少年と老人、これは実は通じ合っているというか、同類なのではないか。

いま

沈船を篤き鬱とし春の海

馬場駿吉

沈んでいる船、それを春の海は自分の「篤き鬱」にしている、という句。憂鬱な感情は否定的に見られがちだが、この句では濃厚な憂鬱を大事なものと見ている。春の海の核心というか重みが「篤き鬱」。そしてそれのかたち（イメージ）が「沈船」。句が絵のようになっているところに美術評論も手がけるこの作者の真面目があろう。

むかし

春の海終日《ひねもす》のたりのたりかな

与謝蕪村

私は四国の佐田岬半島の育ち。家の窓からはいつも海が見えた。おだやかな春の日、海はまさにのたりのたりしていた。蕪村は画家としても活躍したが、「のたりのたり」という擬態語で春の海を絵画的に表現したのは実に見事。画家にして俳人の蕪村らしさがとてもよく出ている句だ。

いま

つばくらめ空青ければ喉赤き

細谷暁々《りょうりょう》

青空の日の子燕《つばめ》の様子だろう。餌を運んで来る母燕を待つ巣の中の子燕たちは赤い口をいっぱいに開けている。この句からは斎藤茂吉の「のど赤き玄鳥《つばくらめ》ふたつ屋梁《はり》にゐて足乳《たらち》ねの母は死にたまふなり」を連想する。死にゆく母をみとる歌だが、「のど赤き玄鳥」も子燕。暁々は小児科医にして俳人、エッセー集『小児病棟の四季』（岩波書店）がある。

むかし

大和路の宮もわら屋もつばめかな

与謝蕪村

蕪村のこの句、実は蟬丸の「世の中はとてもかくても同じこと宮も藁屋も果てしなければ」（『新古今集』）を踏まえている。世の中はどのように過ごそうと同じこと、立派な宮殿もそまつな藁屋もいつ滅びるか分からない、というのだが、その人の世の無常を、大和路の燕の巣に蕪村は見いだした。「大津絵に糞《ふん》落しゆく燕かな」も蕪村。

「いま」

うすみどりうすももうすきひなあられ　南伸坊

角川文庫『ねこはい』から。猫の気分になってイラストレーターの作者が作った句集。もちろん、イラストもいっぱいだ。帯に「世界初、猫が作った俳句絵本」とある。この句、「うすみどり」や「うすもも」がさらにうすいと表現したところに早春感がよく出ている。「はくもくれんとおくをでんしゃのとおるおと」は猫の作の名句。

「むかし」

雛の影桃の影壁に重なりぬ　正岡子規

影に注目したところが面白い。影絵として雛祭りを楽しんでいるのだ。「雛抱きて何やら話す子供かな」「おもしろいことして雛の夕べかな」「小夜《さよ》更けて雛の鼓の聞こえけり」「小《ちさ》き雛の小き太鼓など敲《たた》く」「雛二つ桃一枝や床の上」「菱餅《ひしもち》の色々になる雛心」「薄赤き顔並びけり桃の酒」。子規の句を並べたが、雛祭りを想像して楽しんでいる。

いま

松の芯ときに女も車座に

宇多喜代子

「松の芯」は松の新芽、「若緑」「緑立つ」とも言う。この句、新芽が直立した松の木のしたで女たちが車座になっている光景。弁当を食べているのだろうか。女たちののびやかなようすが目に浮かぶ。もっとも、現今、ときに車座になるべきは男たちかも。女子会がはやって、女たちはしばしば車座になってくつろいでいる。

むかし

つまみゆく堤の松のみどりかな

蝶夢《ちょうむ》

季語は松の新芽を指す「松のみどり」。「若緑」「松の芯」「緑立つ」などとも言う。この句、つんつんと垂直に伸びた松の新芽に触りながら堤を行っている光景だ。この作者の気持ち、よく分かるなあ。松のみどりを見つけると私もすぐに触りたくなる。蝶夢は十八世紀後半の京都で活躍した俳人。「浜道や砂から松のみどりたつ」も彼。

いま

車にも仰臥という死春の月

高野ムツオ

車を積み上げた廃車置き場を連想する。腹を上にした車の上にすこしおぼろな春の月が出ている。実は、この句は二〇一一年の東北の津波が見せつけた光景を詠んだものだが、「仰臥という死」という表現は、津波という事件を超えて、万物の死の普遍性をとらえている。私は『仰臥漫録』という病床手記を残した正岡子規を連想する。

むかし

春の月さはらば雫《しずく》たりぬべし

小林一茶

季語「春の月」はいわゆるおぼろ月。水分をたっぷりふくんでふくれている感じがする。だから、触ると雫がしたたるに違いない、という一茶の言い方に同感する。江戸時代の三大俳人は芭蕉、蕪村、一茶。一茶は生活感に富む句が得意であった。「浅川や鍋すすぐ手も春の月」も一茶だが、流れで鍋を洗う手元が月光で明るい。

いま

春昼の冷蔵庫より黒き汁

照井翠《みどり》

冷蔵庫から黒い汁が流れ出ている。おだやかな春の昼の冷蔵庫が、奇怪な事件の現場に化した感じ。この句、ホラー俳句の傑作ではないか。もっとも、『釜石の風』（コールサック社）にあるこの句は、東日本大震災を詠んだもの。冷蔵庫は津波に襲われていたのだ。でも、この句からはそれが分からず、ホラー性が際立っている。

むかし

妻抱かな春昼の砂利踏みて帰る

中村草田男

鼻息荒く、砂利を踏み鳴らして、妻を目ざして帰っている。右の句はホラー俳句だったが、これは欲望俳句？　欲望をあらわにした夫が獣めいている。もっとも、作者は、人間にある原始的な健康さを表現したつもりだろう。でも、そんな健康さよりも、獣的な野性のほうに、私は人間の豊かさ、大きさを感じる。荒い鼻息が好き。

いま

身のなかの濡れゆくばかりしやぼん玉　鈴木節子

「しゃぼん玉」「風船」「風車」「ぶらんこ」。これらの子どもの遊びは春の季語だ。遊びを通して季節に積極的にかかわる意思、それがこれらの季語の核であろう。この句、遊びを通して春と一体化している感じが快い。ちなみに、しゃぼん玉は江戸時代にムクロジの実を使って始まり、明治以降にせっけんを使うようになったらしい。

むかし

姉ゐねばおとなしき子やしやぼん玉　杉田久女

一人遊びをする子の切ない気分、それがこの句のしゃぼん玉の美しさだろう。現在、俳句人口の大半は女性が占め、俳句は女性中心の文芸という様相を呈している。その女性たちの俳句の時代を開いた先駆者が、一八九〇年生まれ、大正から昭和にかけて活躍した久女であった。「春暁の夢のあと追ふ長まつげ」も久女のきれいな秀句。

いま

にんげんに卒業あらばその後何

中原道夫

卒業を哲学的（?）に考えた句だが、『広辞苑　第七版』には以下の解説がある。（1）一つの業をおえること。（2）学校で所定の学業課程を履修しおえること。季語「卒業」は（2）の意味で用いられる。卒業式、卒業写真、卒業証書、卒業生、卒業制作、卒業論文なども「卒業」から派生した言葉だ。道夫の句は（2）に（1）の意味を重ねた。

むかし

ただならぬ世に待たれ居て卒業す

竹下しづの女

「卒業」は一応めでたいが、現実的に考えればこの句の通りだろう。高浜虚子は「一を知つて二を知らぬなり卒業す」と詠んでいるが、虚子の見方も厳しいというか皮肉いっぱいの感じだ。だが、卒業をまずは素朴に祝いたい。次の芝不器男《ふきお》の句の弟のように。「卒業の兄と来てゐる堤かな」。きらきら光る川の流れの先に未来がある。

いま

ひと駅を歩いて帰る桜かな　黄土眠兎《きづちみんと》

この句の気分、よく分かるなあ。線路沿いの桜を見ながら、私もかつてひと駅を何度か歩いた。時にはふた駅くらい歩いたことも。作者は一九六〇年生まれ、兵庫県尼崎市に住む。「舌に花つけて駆けくる子犬かな」「英訳の村上春樹花の昼」「かごめかごめ桜吹雪が人さらふ」なども句集『御意』（邑書林）にある桜の句。軽さと明るさが快い。

むかし

世の中は三日見ぬ間に桜かな　大島蓼太《りょうた》

「三日見ぬ間の」のかたちで流布しているが、それだと、桜は世の中の比喩になってしまう。「の」でなく「に」のとき、桜は不意に咲く。つまり、桜の咲く風景になる。蓼太は一七一八年生まれの俳人だが、彼のこの句と、芭蕉の「さまざまの事思ひ出す桜かな」が、桜の有名句の双璧かもしれない。どっちの句も平易にして格言的。

いま

花冷の鯖《ひび》をあらはに仏たち

黛まどか

季語「花冷え」は桜の咲く時期の寒さ。桜が咲いてすっかり暖かくなったと思っていたら、急に冷えて桜も人も縮こまる。

この句、句集『てっぺんの星』（本阿弥書店）から引いた。仏像たちと花冷えを共有し、仏像の罅割れに人間味を感じている。「転びたる子がすぐ立てる花吹雪」「花の坂遅れがちなる人を待ち」もまどかの作。

むかし

花冷えの城の石崖手で叩く

西東三鬼

三鬼のこの句の気持ち、よく分かる。私も石崖（石垣）をすぐ叩きたくなる。最近も和歌山城、大阪城、松山城などの石崖を叩いた。実は、手で軽く叩きながら、この石崖を登りたい、と思っている。

三鬼は一九〇〇年に今の岡山県津山市に生まれた。津山城は石崖と桜が有名だ。少年の三鬼は石崖に登って遊んだのではないか。

いま

貝になりたくて汀《みぎわ》へ散るさくら

遠藤若狭男《わかさお》

海辺の桜はこの句のような気分で散るのかしれない。もちろん、桜がなりたい貝はさくら貝だろう。この若狭男さんの句からは「春雨や小磯の小貝ぬるるほど」（与謝蕪村）を連想する。また、堀口大学の名訳で知られるジャン・コクトーの次の詩「耳」も。「私の耳は貝のから／海の響をなつかしむ」。

むかし

ちるさくら海あをければ海へちる

高屋窓秋《そうしゅう》

散る桜といえば、真っ先にこの句を連想する。花びらの桜色と真っ青な海の対照がとてもあざやか。窓秋の句、「さくらの風景」という題の作品群（連作と呼ぶ）にあり、他は「さくら咲き丘はみどりにまるくある」「灰色の街に風吹きちるさくら」「晴れし日はさくらの空もとほく澄む」など。七句からなるその連作の最後がこの句だ。

いま

倚りかかりたきほど朧《おぼろ》濃くなりし

能村研三

もたれたいほどに朧が濃くなったよ、という句。いっしょにいる人にもたれるのか、朧そのものにもたれるのか。前者の場合、相手が女性だとややセクハラ的になりそう。私は後者が好きだ。作者は一九四九年生まれ、俳人の団体、俳人協会の理事長。先日、あるパーティーで会ったが、もたれたくなるほどに頑丈そうで長身である。

むかし

泣いて行くウヱルテルに逢ふ朧かな

尾崎紅葉

季語「朧」は昼の「霞《かすみ》」の夜バージョン。「朧月」「朧夜」などとも言う。ウェルテルはゲーテの小説『若きウェルテルの悩み』の主人公だが、その主人公のように恋に悩む青年が、朧の中で泣いている。紅葉は「朧夜の昼来て恋をさましけり」とも詠んだ。朧の中では泣くほどに募った恋情が昼になるとさめる。なんだかおかしい。

いま

初蝶とわたしエリアをひょいと出る　山本みち子

「ひょいと出る」軽さがいいなあ。ひょいと私は越境して、人間の世界からチョウの世界へ移動したのだ。その移動によって私は詩になった、と言ってよい。詩は日常（現実）から非日常へひょいと移動するときに生じる。『涙壺』（ふらんす堂）から引いたが、京都市伏見区に住むこの作者は私の俳句仲間。しゃべって食べて、たまに句を詠む。

むかし

猫の子のくんづほぐれつ胡蝶かな　宝井其角

子猫は春の季語。この句には季語・胡蝶（蝶の異称）もあり、春の季語二つが使われているが、戯れる子猫たちとそのそばで舞うチョウは、春の気分をよく伝える。二つも季語を使った効果がよく出ている句だ。くんずほぐれつしていた子猫は、不意にチョウに飛びつこうとするかも。チョウもまた、子猫たちを挑発するかのように近づいて舞う。

いま

うららけし河馬の欠伸《あくび》に付き合って

若泉真樹

カバのあくびに付き合うとは、カバを長く見ている、ということか。あるいは、カバと同様に口をいっぱいにあけてあくびをしたということ？　ちなみに、水中に沈んでいるカバは五分以内に顔を出す。息継ぎのためだが、カバと付き合うにはこの五分間の辛抱が大事だ。作者は東京都葛飾区に住む。第五句集『知足』（角川書店）から引いた。

むかし

行き合うてへだたる堤うららかな

中村汀女

対岸の堤を眺めているのか。出会った人がすぐに隔たり、うらうらとかげろうに揺れて小さくなってゆく。まるで影絵みたい。季語「うららか」「うらら」「うららけし」は、春の日に物が美しく明るく見えることを言う。とても肯定的な気分だ。すべての季語はこうした肯定的気分の上に乗っかってできている。季語は〈今〉を肯定する。

〈いま〉

あんぱんのあんのつめたし百千鳥《ももちどり》

村上鞆彦

季語「百千鳥」は春のいろいろな小鳥をさす。この句、その百千鳥の囀りを聞きながら餡パンを食べているのだろう。うまそう。

毎朝、約三十年にわたって餡パンを食べ続けてきた私の体験では、桜の咲く前後の時期がもっとも餡パンに適している。気温がセ氏二十度前後のころ、餡はひんやりとしてパン生地によく調和するのだ。

〈むかし〉

春の鳶寄りわかれては高みつつ

飯田龍太

この句、空高く舞い上がる春の鳶を詠んだ名作である。

ところで、「つつ」は動詞の連用形を受けて動作の継続を意味する。だから、「高み」は動詞の連用形のはずだが、「高む」という四段活用の動詞には高く上がるという意味がない。偉そうにふるまうのが「高む」なのだ。でも、いいか。名句はいつも文法を破って登場する。

いま

すくふたびプリンの揺る春ごころ

井上菜摘子《なつみこ》

春ののどかな心、それが季語「春ごころ」である。その春ごころ、ある時はプリンのようにプルプルして繊細だ、というのがこの句。

先日、この春に高校へ入学する孫娘とバイキングの昼食をとった。彼女はカレー、ハンバーグ、ちらしずし、サラダ、うどんなどの後で、別腹別腹と言ってチョコレートフォンデュをお代わりした。

むかし

腸《はらわた》に春滴るや粥の味

夏目漱石

「春滴る」に春の感じを受けとめる喜びがある。やっと粥をとることができるようになって、蘇生の喜びを腸に感じているのだ。

この句、初めは「骨の上に春滴るや粥の味」であった。骨を腸に推敲して蘇生の感じにしみじみとした深さがそなわったか。漱石は一九一〇年に危篤に陥った。一命を取り留めた体験がこの句の背景。

いま

亀鳴くと言うて波長の合ってきし

内田美紗

「あっ、亀！」「うん、鳴いてるね。さっきから聞こえていたよ」。こんな会話ができる人とは波長が合う、というのがこの句。「あっ、亀！」と言ったとき、「ばかだなあ、亀は鳴かないよ」と応じたら断交が待っているかも。

「亀鳴く」は春の季語。俳句では亀が鳴く。このことを認めたとき、人は俳人へ仲間入りできる。

むかし

亀鳴くを信じてゐたし死ぬるまで

能村登四郎

「亀鳴く」は春の季語。俳句の世界では亀が鳴く。この句、それを一生信じていたいという。つまり死ぬまで俳人でいたいのだ。

「亀鳴くや一升瓶に手が伸びる」（成田千空）、「五十年待ちたれば亀鳴きにけり」（藤田湘子）、「一日の眠き時間よ亀の鳴く」（稲畑汀子）。いろいろに鳴いているが、さて、亀はどんな声だろうか。

いま

受験子の母や帰帆を待つこころ

佐藤郁良《いくら》

「帰帆を待つこころ」は少し古典的だが、母の心の比喩としては広々とした感じがあってすてきだ。もっとも、母は受験生を待たなくてもいいのではないか。特に大学の受験生を持つ母は、子どもを放り出しておくべきだ、と私は思う。その時期から、受験生はすべてを自分の責任ですればよい。要するに、親も子も自立するのだ。

むかし

大試験山の如くに控へたり

高浜虚子《きよし》

右で、大学の受験生は親から自立すべきだ、と書いた。親も子にかまわないで自立するのだ。そういう一つの区切りが大学入試であってもよい。親がついて来ない受験生は有利になる、そういう大学が現れないかなあ。「大試験」は学年末試験や入試をさした戦前の季語。この言葉が生きていた時代、親はまだ受験について来なかった。

いま

活断層春の浮雲乗せしまま

安西篤

山か丘に立ち、眼下の風景を、活断層の広がり、と見たのだろう。目を上に向けると、ぽっかりと春の雲が浮いているが、それは活断層の上に浮く雲。つまり、大地の活断層も動き、そして空の雲も動く、それが日本列島の春の風景だ、というのである。私はこの句から、無常という言葉を連想し、日本列島は無常の列島だ、と思った。

むかし

春の雲ながめてをればうごきけり

日野草城

右で、「活断層春の浮雲乗せしまま」を紹介したが、活断層という言葉が知られたのは一九九五年の阪神大震災以来である。それ以前には、活断層が動き地震が起きるという認識は一般的ではなかった。この句、一九二七年に出た句集『花氷』にあるが、作者は不動の大地に立って雲を見上げている。春の雲も時代によって微妙に異なるのだ。

いま

やどかりの沢野くんいま脱皮中

秋月祐一

ヤドカリは巻き貝の殻に入り込んですむ節足動物。体はカニとエビの中間形で、一対の大きなはさみ脚を持つ。季語としては春だ。そのヤドカリを沢野くんと呼んでいる、というのが今日の句。ペットとして飼育しているのだろう。ヤドカリはペットショップで売られており、飼育用のグッズも整っているらしい。私も飼ってみようか。

むかし

やどかりを拾ひてさびし先を歩《ほ》す

赤尾兜子《とうし》

拾ったヤドカリが自分の先を歩く、という句。ヤドカリの後をついていく姿は確かにさびしい。この句、作者の十代の句を集めた『稚年記』（一九七七年）にある。あとがきに「青春は、美しい。けれども未成熟であらう。しかも私の青春は戦争とすべて重なつたので、おほむね暗い」とある。作者は一九二五年生まれ。毎日新聞社に勤めた大阪の俳人。

いま

恋人で他人で大人遠蛙《とおかわず》

能城檀《まゆみ》

妻が「恋人で他人で大人」だったら、そして夫もそのような存在だったら、とってもすてきだ。妻（あるいは夫）とは別にそのような人がいたら、やはりすてきだが、でもかなりきわどいかも。この句、後者の場合のような気がする。遠くの田んぼで鳴くカエルの声を聞きながら、すてきな人といっしょにいるのだ。遠蛙は世間とか日常？

むかし

から井戸へ飛びそこなひし蛙《かわず》よな

上島鬼貫

水があるつもりで飛びこんだら、井戸には水がなかった。間がぬけたばかなカエルが目に浮かぶ。もちろん、この句は芭蕉の「古池や蛙飛び込む水の音」を意識したもの。水の音を立てることのできないカエルだっているよ、というわけだ。芭蕉のカエルがエリート、またはスターだとしたら、鬼貫のカエルは凡人、もしくは落伍者か。

いま

たんぽぽをたどればローマまで行ける　仲寒蟬《かんせん》

すべての道はローマに通じる、はラ・フォンテーヌの『寓話』にあることわざだ。ローマ帝国が繁栄していたころ、世界各地からの道がローマに通じていた。そのことから転じて、このことわざは、方法は異なっても同じ目標に達すること、あるいは、真理は一つということのたとえになった。この句、ことわざを踏まえてタンポポロードを発見した。

むかし

たんぽぽのぽぽと絮《わた》毛《げ》のたちにけり　加藤楸邨

タンポポの異称は鼓草《つづみぐさ》。鼓はポポ、ポンと音を立てる。それでタンポポといえばポポという言い方が江戸時代からあり、『続山井《ぞくやまのい》』（一六六七年）には「たんぽぽのぽぽともえ出る焼野かな」（友久）が出ている。タンポポの芽の伸びた句だが、楸邨の句は綿毛が飛び立つ句。「たんぽぽのぽぽのあたりが火事ですよ」は私の作。このぽぽは？

いま

春深しやうやう見えし赤き糸

向瀬美音

「赤き糸」は恋のきざし、新しい恋の始まりを深まった春に察知したのだ。この句、作者の編集した『国際歳時記　春』（朔出版）から引いた。世界の俳人たちの英語やフランス語の句とその日本語訳を載せている。あとがきで美音さんは「各国にはそれぞれの季語や季感があるわけで、そうした海外の季語を学んでいきたい」と言う。この姿勢に賛成！

むかし

春深し牛むらさきに野の烟る

幸田露伴

一八八二年に出た『新体詩抄』は、西洋の詩を新体詩と名づけて日本に紹介した。近代の自由詩はこの詩集あたりから始まった。その中に「グレー氏墳上感懐の詩」があり、「山々かすみいりあひの　鐘はなりつつ野の牛は　徐《しずか》に歩み帰り行く」と始まっている。牛を引いて家路につく農村風景だが、この露伴の句の風景とほぼ同じだ。

いま

遠方に友あるごとし春のくれ

加藤静夫

「遠方に友あるごとし」とは一種の安心感。あの友がいる、と思うと、晩春の心がちょっと明るくなる。愛友、好友、益友、厳友、文友、酒友、剛友、郷友、高友、少友、良友、敬友、旧友、畏友、親友、温友、賢友、亡友、直友。以上は正岡子規が分類した彼の友。夏目漱石は畏友、日露戦争で活躍した秋山真之は剛友である。

むかし

野遊びやたつて腰うつ春のくれ

伊藤信徳《しんとく》

「春のくれ」は晩春、あるいは春の一日の終わりを意味する。この句のそれはどちらでもよいだろう。野遊びは食用のヨモギ、ツクシ、セリなどを摘むこと。それらを摘んでのち、腰をたたきながら立つ老人のようすがこの句。立って腰打つ、というしぐさは私にもよく分かる。信徳は京都を代表する俳人、江戸の芭蕉と並称された。

いま

藤棚の真下どちらが揺れてゐる

井上菜摘子

俳句の魅力は多義性にある。つまり、いろんな読み方ができるということ。この句は「どちら」が多義的だ。藤棚の真下にいると、藤が揺れているのか自分が揺れているのか分からなくなる、とまず読める。別の読みは、「藤棚の真下」で一度切り、「どちら」を二人、あるいは男女と見るのだ。どちらかが愛の葛藤で揺れている。

むかし

藤棚の隅から見ゆるお江戸かな

小林一茶

この句、藤棚の下に座って、たとえば江戸城を遠望している光景だろうか。藤棚の下にいると、心身がおのずと紫色に染まり、まるで別世界にいる気分になる。

藤は春の季語だが、春と夏が交差する時期に咲く。病室の枕元に藤を生けた正岡子規は、「瓶にさす藤の花ぶさ花垂れて病の床に春暮れんとす」と詠んだ。

いま

行春《ゆくはる》や輪ゴムのごとく劣化して

行方克巳

春という季節、それが今年（二〇二〇年）ばかりは不発というか無残になった。球春、花見、行楽の春、門出の春などという語が精彩を失った。この句の言い方にならうと、春が劣化したのだ。でも、たとえばテレワークが広がり、毎朝決まった時間に出社するという長年の慣行が変わるかもしれない。劣化、それは実は新しい何かの気配でもある。

むかし

汝《なれ》と我相寄らずとも春惜しむ

阿波野青畝

社会的距離（ソーシャルディスタンス）、これは新型コロナウイルスの流行がもたらした語。コロナ後の社会では、この語が定着し、距離を取ることで社会や暮らしがゆったりするのではないか。また、冷静にも客観的にもなれそうな気がする。青畝の句は一九八三年の作、社会的距離をほどほどに取った者の通じ合う心を詠んでいる。

夏

いま

一滴のうすくちしやうゆ緑さす

藤本美和子

水原秋櫻子編『新装版俳句小歳時記』（大泉書店）はこの季語を「若葉影が映ること」と定義している。つまり、若葉の光が照り映える感じ、それが「緑さす」である。ちなみに、この季語は『広辞苑』などにもまだ出ていない。俳句発のきれいな言葉として広めたい。

この句、緑さす一滴の薄口しょうゆがまるで宝石みたい。

むかし

緑さす漬物桶にひざまづく

野澤節子

台所の窓から、あるいは味噌部屋の小窓から、若葉の反射した光がさしこんでいる光景。漬物がとってもうまそう。浅漬けを取り出しているのだろうか。

右でも言ったように季語「緑さす」はまだ新しい。こういう季語はよく使われ、そして秀句が生まれると定着する。このきれいな季語であなたも一句をどうぞ。

いま

蝿《はえ》打って迷惑さうな蝿叩《たたき》

小笠原和男

うるさいを「五月蝿い」と書くように五月ごろから蝿が目立つ。蝿は夏を代表するいかにも俳句的な季語だ。つまり、「古今集」などの和歌に出ないものを俳句は詠もうとするが、その代表格が蝿や蚊、蜘蛛、毛虫、百足《むかで》などの虫。

この句、蝿たたきの気持ちになったのがおかしい。和男は一九二四年生まれ、愛知県碧南市に住んだ。

むかし

老いの手や蝿を打つさへ逃げたあと

小林一茶

動作ののろくなった老人を詠んだ、ちょっと哀しい句。一茶、逃げた蝿も「打て打てと逃れて笑ふ蝿の声」と詠んでいる。

「やれ打つな蝿が手をすり足をする」「ぬり盆にころりと蝿のすべりけり」「草庵に戻れば蝿も戻りけり」「耳たぼに蝿が三疋《さんびき》とまりけり」。これらも一茶。俳人は蝿を楽しまなくちゃ、といわんばかり。

いま

水張りし夜をいつせいに夏蛙

朝妻力《りき》

「蛙」は春の季語なので、夏にいる蛙は「夏蛙」と呼ぶ。「青蛙」「雨蛙」も夏の季語。この句、田に水を張って田植えの用意ができた日の夜、蛙がいっせいに鳴きだしたのだ。作者は一九四六年生まれ、句集『伊吹嶺《いぶきね》』（角川学芸出版）から引いた。「死に近き母に添寝のしんしんと遠田のかはづ天に聞《きこ》ゆる」。これは斎藤茂吉の歌集『赤光《しゃっこう》』の絶唱。

むかし

青蛙おのれもペンキぬりたてか

芥川龍之介

濡《ぬ》れたように光る青蛙を「ペンキぬりたて」と見た。そのように見たことで青蛙がとてもみずみずしい存在になった。この句、俳句好きだった龍之介の傑作だ。「彼女らは、睡蓮の広い葉の上に、青銅の文鎮のようにかしこまっている」。これはフランスの作家ルナールが『博物誌』（新潮文庫）で描いた蛙。この蛙も印象鮮明。

いま

キッチンの天窓にくる緑雨かな

小西雅子

「緑雨」は近年になってよく使われている季語。青葉の時期の雨だが、文字面や語感が明るく、とても快い雨というイメージだ。この句も料理が楽しくなりそう。

雅子には「背を伝う緑雨のしずく人は木に」もある。緑雨が背を伝うと人は木になってしまう、というのだろうか。もしかしたら緑雨の中で抱擁している光景かも。

むかし

ひと日臥し卯の花腐《くだ》し美しや

橋本多佳子

旧暦四月、すなわち卯月の卯の花の咲く頃、その卯の花を腐らせるかのように降る雨を「卯の花腐し」と呼ぶ。もっとも、今はこの季語に替えて「緑雨」とか「青葉雨」がよく使われている。

この句、病気で寝ているのだが、窓の卯の花腐しを、「ああ、きれいな雨！」と感嘆している。元気が回復してきたのだろうか。

いま

安曇野や水の匂ひの五月の木

橋本榮治

この句を読んだ途端、安曇野へ行きたいなあ、と思った。植えたばかりの田んぼには雪の残った北アルプスが映っているだろう。この句、『橋本榮治集』（俳人協会）から。作者はこの句について、大糸線穂高駅に降り、「山葵田《わさびだ》を巡りつつ、清冽な水の匂いを樹々が発している」のを感じた、と述べている。安曇野は確かに水が豊かだ。

むかし

水荒く使ふ五月となりにけり

伊藤通明

「水荒く使ふ五月」という言い方がおもしろい。どうして荒く使うのか。まず、水が快いから。ぬれてもとても楽しい。だからじゃぶじゃぶと勢いよく水を使う。それに、五月という月は水がたっぷり、という感じがする。田んぼに水がいっぱいだし、噴水なども薫風にきらめく。この句の作者は福岡市で活躍した昭和・平成の俳人。

いま

ほととぎす石段だけの廃校地

中川雅雪

句集『五月晴《さつきばれ》』（文学の森）から。作者は石川県珠洲市に住む一九四八年生まれの俳人。「時鳥《ほととぎす》の山に向きたる椅子二つ」も雅雪さんの句だが、ホトトギスが鳴いても人の気配がないのは、過疎化した能登半島の現状の反映か。いや、能登半島に限らない。日本の各地にたくさんの廃校跡があって、そこではなおホトトギスが鳴く。卯の花も咲く？

むかし

軽口にまかせてなけよほととぎす

井原西鶴

軽口は軽妙なしゃれた表現、西鶴はそれを得意とした。この句、軽口のままに鳴け、ホトトギスよ、と呼びかけているが、ホトトギスは確かに高い声で軽妙に鳴く。ちなみに、西鶴の軽口の極みは矢数俳諧。一昼夜に作る数を競うのが矢数俳諧だが、彼はなんと二万三千五百句を詠んだ。速すぎて記録不能、泡のようにその句は消えた。

いま

真夜過ぎて蟻が机の上歩く

飛高《ひだか》隆夫

作者は一九三六年生まれ。日本近代文学の研究者として活躍しながら俳句を作ってきた。この句は第三句集『暮色』（文学の森）から。「蟻風に飛ぶかと見をり飛ばざりき」もその句集の作だが、こちらは昼間の戸外の蟻。もしかしたら、作者は蟻好きで蟻に自分を重ねているのかも。それにしても、真夜中過ぎの机上の蟻は神秘的だ。

むかし

ひとの瞳《め》の中の　蟻蟻蟻蟻

富沢赤黄男

赤黄男は一九〇二年生まれの俳人。彼は一行詩のような句を作ったが、この句もその例。女性の瞳の中にもぞもぞする何か不気味なものを感じているのだろうか。

フランスの作家、ルナールは、蟻は一匹一匹が数字の3に似ているといい、「33333333333……ああ、きりがない」（岸田国士訳『博物誌』）と書いている。

いま

としよりの放課後として新茶汲む

大牧広《ひろし》

作者は一九三一年、東京生まれ。句集『正眼』(東京四季出版)から引いた。老年期を人生の放課後と見なすと、老後がとても楽しくなる。放課後だから自分で自由にできる。好きなことを好きな時間にすればいいのだ。新茶をいれることだって。「としよりの放課後」という言い方、流行するといいなあ。新茶がさらにうまくなりそう。

むかし

彼一語我一語新茶淹れながら

高浜虚子

この句、新茶を楽しむ理想の間柄を詠んだのかも。互いに一語で心が通じるのだ。日本語の文化は言葉が少ない状態を理想とする。あうんの呼吸で通じ合うのがよい関係だ。夫婦、恋人、親子だって、「ねえ」「うん」だけのやり取りで通じたら最高。多くをしゃべるときはしばしば危機的だ。俳句はそんな文化に根差している。

いま

とことこと航《ゆ》く宇宙船夜の青葉

寺井谷子《たにこ》

「とことこと航く」はまるで焼き玉エンジンの小型船みたいでおかしい。でも、このように表現した作者の気持ちはよく分かる。人間の素朴さ、単純さ、そういう基本的な人間性を失ってほしくないのだ、最先端技術の宇宙船においても。作者は北九州市で俳誌「自鳴鐘」を主宰。この句は『夏至の雨』（角川学芸出版）から引いた。

むかし

目には青葉山ほととぎすはつ松魚《がつお》

山口素堂

反則を大胆に犯す、するとそれがとんでもなく大きな成果になる。そういうことが美術とか文学という表現活動にはある。俳句でもしかりで、この句は季語を三つも重ねる反則を犯して超有名な句になった。もちろん、青葉、ホトトギス、初ガツオが夏の季語。これらの季語は、視覚、聴覚、味覚の面から初夏の魅力を伝えている。

「いま」

百年の木の瘤《こぶ》を見て夏座敷

大木あまり

この句の「木の瘤」は百年という歳月の結晶みたいなもの、その夏座敷に座る人はおのずと庭の木のその瘤を話題にするのだろう。

「家の作りやうは、夏をむねとすべし」とは『徒然草』の言葉。季語「夏座敷」はその夏の家のシンボルみたいなものだが、今だとサマーリビングという言い方がよいかも。これ、季語にしたい。

「むかし」

行雲《ゆくくも》をねてゐてみるや夏座敷

志太野坡《やば》

芭蕉七部集の一つ、『炭俵』から。ある人の別荘に招かれ、「尽日打和《うちやわらぎ》て物がたりし其《その》夕つかた、外のかたをながめ出《いだ》して」という前書きがある。一日、ゆったりと話し、その夕方、夏座敷で横になって流れる雲を眺めたのだ。少し酒も入っているかも。ともあれ、いいなあ、こんな付き合い。これがまさに夏座敷なのだろう。

いま

爆弾のかわりパプリカ置いてゆく

久留島元《はじめ》

書店の画集の上にレモンを置いて、レモン爆弾の爆発を想像したのは一九〇一年生まれの作家、梶井基次郎。八五年生まれの若い俳人はパプリカを置く。駅のベンチ、あるいは恋人と過ごしたカフェのテーブルに置くのだろうか。ちなみに、パプリカ、ピーマン、フルーツピーマンなどは、とうがらしの甘い種類を改良したもの。

むかし

ピーマン切って中を明るくしてあげた

池田澄子

俳句歳時記ではピーマン、パプリカ（甘みの強い大型ピーマン）などは秋の季語になっている。最近はパプリカよりさらに甘いフルーツピーマンも人気があり、夏のサラダなどを彩っている。ピーマンやパプリカは夏の季語とするほうがよいかも。夏の季語としてのピーマンには、昔の句がない。それで、この現代の作者の代表句をあえて夏の句としてここに挙げた。

いま

昼顔の見えるひるすぎぽるとがる

加藤郁乎

「昼顔の見えるひるすぎ」と「ぽるとがる」の取り合わせとして読むと、昼顔のかなたにポルトガルを幻視している光景になるだろう。いや、昼過ぎのここは昼顔の咲くポルトガル、という光景かも。「ひる」や「る」の音の響きを意味とは関係なしに楽しむのもよい。句集『球体感覚』（一九五九年）のこの句は現代を代表する一句だ。

むかし

ボロ靴やひるがほみちの真昼かな

立原道造

ボロ靴がある。ここは昼顔の咲く道の真昼だ。以上のような意味だが、ボロ靴をクローズアップして道端の昼顔と並べている。

一九三六年夏、道造は浅間山麓《さんろく》の追分に滞在し、詩などを作った。友人への手紙に「書くのはものうい。ひるの暑さに句ひとつ」と書き、このボロ靴の句を添えた。道造は二十一歳、東大建築科の学生だった。

いま

神様のヨーヨー白い百日紅《さるすべり》

水上博子

百日紅はその字のごとく長く咲く。炎天下の赤い百日紅もいいが、ひっそりとして、でもどことなく気品のある白い百日紅も好き。この句、その百日紅を「神様のヨーヨー」と見た。「文化住宅端っこは茄子《なす》の花」「ナプキンの折鶴一羽秋の昼」。これらも博子の作。茄子の花や折り鶴にも神様のいる気配がする？

むかし

散れば咲き散れば咲きして百日紅

千代女

千代女は江戸時代の代表的女流俳人。一七〇三年に今の石川県白山市に生まれた千代女は、十七歳のとき、当時の有名俳人だった各務支考にその才能を認められ、以来、世間に広く知られるようになった。

千代女の代表作は「朝顔に釣瓶とられてもらひ水」。この句も百日紅の句もとても平明、分かりやすい。それが千代女の特色だ。

いま

噴水はまこと大きな感嘆符

金子敦

確かに噴水は大きな感嘆符だ。句集『音符』（ふらんす堂）から引いたが、一九五九年生まれのこの俳人は見立てがことに巧み。「噴水の息吸ふごとく止まりけり」も止まる噴水を見事に言い当てている。もう一句引こう。「ハーモニカにあまたの窓や若葉風」。「あまたの窓」という見立てが楽しい。若葉風がハーモニカを吹いている感じだ。

むかし

噴水にはらわたの無き明るさよ

橋閒石《かんせき》

この句、噴水にはらわた（腸）はない、と言っているが、そのように言ったことで、噴水の腸をあれこれと想像させる。ありえないことを思うのは、実は俳句を作る楽しみの一つだ。先日、私は「ついさっきホタルブクロを出た人か」と詠んだ。人がホタルブクロから出るなんてことは現実にはない。だが、言葉の世界ではありうる。

いま

葛切《くずきり》や家それぞれに風の道

安里《あさと》琉太

風の道の、たとえば廊下で、家族そろって葛切を食べている。夏の日のおやつの時間であろうか。伝統的な日本家屋が多かった時代、たしかにそれぞれの家に風の道があった。その道にあたる場所は夏の特等席であった。この句は句集『式日《しきじつ》』（左右社）から。作者は一九九四年生まれの若い俳人。季語「葛切」は透明感が涼しい和菓子。

むかし

ところてん逆しまに銀河三千尺

与謝蕪村

中山圭子さんの『事典　和菓子の世界』（岩波書店）によると、江戸時代には行商のところてん売りが出回り、「ところてんの曲突き」をしたという。皿をたとえば自分の頭の上に置き、空中高く突き上げたところてんをその皿で受けた。ところてんはまさに蕪村の句のように空に上がり、そして落下した。この曲突き、再興したら人気を集めるかも。

いま

あっ僕はあやまらないぞあおばずく

おおさわほてる

この句、「あっ僕はあやまらないぞ」と思ったとき、あるいは言ったとき、ホーホーとあおばずくが鳴いた、と読める。以上の読みとは大きく異なるが、「あっ僕はあやまらないぞ」をあおばずくのホーホーという声の意味だと読むこともできる。このあおばずくの句は俳句とエッセー集『気配』(創風社出版)から。俳句は多義的、読みが一つとは限らない。

むかし

夫《つま》恋へば吾《われ》に死ねよと青葉木菟《あおばずく》

橋本多佳子

この句も、「吾に死ねよ」と言うのは、夫であるとも青葉木菟であるとも読める。すぐれた句はたいていがいくつもの読みを許す。俳句があまりに短い表現であるため、一種の片言になるからだ。片言的にならず、言いたいことを言い尽くした句は平凡でつまらない。俳句は片言の詩としてきらりと光る。

いま

万緑や少女にぽつとものもらひ

橋場千舟《ちふね》

季語「万緑」は見渡す限りの一面の緑を言う。草木の生命力というか、大自然の旺盛なエネルギーを感じさせるのがこの万緑だ。

千舟の句からは高村光太郎の「新緑の毒素」という詩を連想した。詩集『道程』にある作品だが、万緑は毒素をも吐き出していると光太郎は見ている。少女にできたものもらいはその毒素の表れ？

むかし

万緑の中や吾子《あこ》の歯生え初むる

中村草田男

万緑の生命力に染まって、赤ん坊の歯が生える。その感じ、実に快いではないか。生命賛歌と言ってよいこの句は一九三九年の作。

万緑という語は中国の古典詩に出ているが、それを使ったこの句によって、日本語としての万緑が広く知られ、季語として定着した。もちろん、この句、今では草田男の代表作になっている。

いま

短夜《みじかよ》の子を宿す身のほの明かり

辻美奈子

夜明けのうす明かりの中で妊娠した人もうす明かりを放っている。この句の光景から吉野弘の詩「I was born」の末尾を連想した。「ほっそりした母の 胸の方まで 息苦しくふさいでいた白い僕の肉体――。」。その母は「僕」を産んですぐに亡くなった。夏至前後の夜の短さを季語では「短夜」と呼ぶ。

むかし

短夜や乳ぜり泣く児を須可捨焉乎《すてっちまおか》

竹下しづの女

一九二〇年、作者三十三歳の作。「乳ぜり」は乳を催促すること。うるさい赤ん坊になげやり気分になりながらも、「須可捨焉乎」と漢文でその気分を表現した。その表現に知的で強い母性が感じられる。

この句、無数に引用されてきた。俳句は覚えられ、人々が口ずさむことで広がる。すてきな句は何度も取りあげたい。

いま

ジューンドロップコロコロ良く笑う　佐々木麻里

果樹がなり過ぎた実などを落とす生理落果、それがジューンドロップ（六月の落果）だが、梅雨の前後、ことに柿のそれが目立つ。それで私は柿のジューンドロップを新季語として提案している。

この句、「コロコロ」が落ちる柿の実と「良く笑う」に掛かっている。よく笑うのは柿の木のそばで遊んでいる娘たちだろう。

むかし

二三町柿の花散る小道かな　正岡子規

一町は約一〇九メートル。二〇〇〜三〇〇メートルの道のあちこちに柿の花が落ちている、というのがこの句の光景だ。家々の柿の枝が道にせり出しているのだろう。

伝統的な季語に「柿の花」があり、その花は子規の句のように散っている。私見では、昔の「柿の花」は今のジューンドロップに当たる。

いま

芸名をもう考えている毛虫

寺田良治

目の前に毛虫がいる。その毛虫、自分の芸名を考えているように見えるのだ。もちろん、ガやチョウに変身したときの名前が芸名。たとえばクロアゲハなんていうのが芸名だ。以上のような内容だが、芸名を考えていると思うと、ちょっと毛虫を殺し難い。芸を見たくなるから。良治の句、『俳句の動物たち』（人文書院）から引いた。

むかし

柚《ゆ》子《ず》坊《ぼう》を仮にカフカと名づけたる

星野麥丘人《ばくきゅうじん》

柚子坊はアゲハチョウ、カラスアゲハなどの幼虫。ユズ、カラタチなどかんきつ類の葉を食べる。要するにミカンの葉にいる芋虫だが、それを柚子坊と呼ぶと、急に親しみの増す感じ。しかもその名がカフカだとすると、どんな変身を見せるか、とてもとても楽しみ。柚子坊は秋の季語になっているが、私や私の仲間は夏の季語として詠んでいる。

いま

黴《かび》の世や言葉もつとも黴びやすく

片山由美子

「黴の世」とはカビが繁殖する時期だろう。朽ち果ててゆくむなしい世の中、という意味もありそうだ。ともあれ、言葉にはもっとも早くカビが生える、と由美子さん。私はこの由美子さんの見方に賛成だ。俳句を詠む（作る）とは、カビのない新しい言葉を見つけること、あるいは、言葉のカビを意識してそぎ落とす行為かもしれない。

むかし

ゼンマイは椅子のはらわた黴の宿

山口青邨《せいそん》

カビは嫌われがちだが、季語としてのカビは、嫌われながらも愛されている。たとえば「黴の宿」と呼ばれたりして。「黴の宿」は梅雨時のカビくさい家を指す。この句、椅子からゼンマイが飛び出し、それがまるで腸のようなのだ。その壊れかけた椅子のようすが、いかにも「黴の宿」的。作者はこの椅子をおおいに気に入っている。

いま

六月をぐっちゃぐっちゃに踏み潰す　尾上有紀子

この句、大好き。梅雨のぬかるみを遊んでいる感じに共感する。私は子どものころ、雨や泥でぐっちゃぐっちゃになるのが好きだった。今でも好きで、先日、草花に水をまいた続きに、自分へも水をかけてびしょぬれになった。妻が、まさに老人の冷や水だ、とばかにした。この句の作者は私立中学の教諭。私の三十年来の俳句仲間だ。

むかし

七月のつめたきスウプ澄み透《とお》り　日野草城

「六月をぐっちゃぐっちゃに踏み潰す」の季語は「六月」、この句の季語は「七月」。月の名が変わると、なんだか気分も変わる。これは一種の言葉のマジックだ。季語とはマジックの種みたいなものかも。ともあれ、ぐっちゃぐっちゃの六月の後に来た七月のスープはうまそう。わが家も七月のスープを楽しみたい。

いま

青山河《あおさんが》水持ち上げて顔洗う

中谷貞代

「青山河」は緑いっぱいの大自然。その緑の中で朝、顔を洗っているのがこの句。「水持ち上げて」という表現に水の存在感、物質感がよく出ている。まさに青山河の水だ。ちなみに、作者は奈良県天川村に住む。先日、私は俳句仲間といっしょに天川村を訪ね、渓谷を歩き、アユやアマゴを食べた。青山河の一日を満喫したのだ。

むかし

分け入つても分け入つても青い山

種田山頭火

「青い山」は「青山河」とほぼ同じ意味である。「青山」（青い山）、「青山河」などは夏の季語として積極的に使いたい。「青山脈」（青い山脈）も使えそう。この山頭火の句は、彼が放浪の人生を開始した句として知られる。一九二六（大正十五）年四月の作だが、この句の山は夏の万緑の山という感じ。万緑の山へ踏み入っている。

いま

家中の枕を干して金魚に餌《え》

桑原三郎

なんてこともない行動を詠んだ句だが、平凡な日常を楽しんでいるのだ。梅雨の晴れ間の行動か。「バナナ剝き一日読まず書きもせず」「やることがあるやうでなし蠅に脚」も三郎。バナナをゆっくりとむき、蠅の脚を時間をかけて観察している感じ。一九三三年生まれの三郎は埼玉県入間市に住み、老境をもっぱら楽しく詠んでいる。

むかし

思ひ出も金魚の水も蒼を帯びぬ

中村草田男

季語は「金魚」だが、季語よりも「蒼」の一字が際立つ句。先日、俳句仲間の一人が、この句の主人公は、水をこまめに替えたり、金魚鉢につくコケをとったりしないのかな、と言った。その発言をうけて議論が弾み、思い出も金魚も時々は水を替えなくちゃ、という結論になった。この句、水を替える寸前なのかもしれない。

いま

生ビール喉のかたちに流し込む

谷さやん

生ビールというとこの句を思い出す。まるで喉が飲んでいるように飲む、それが「喉のかたちに流し込む」だろう。うまそう。季節は違うが「水割りや今ごろ眼鏡橋に雪」もさやんの句。彼女、正岡子規などが出たので俳都（俳句の都）と呼ばれる松山市に住む。そういえば、松山市には道後ビールという地ビールがある。

むかし

遠近《おちこち》の灯りそめたるビールかな

久保田万太郎

ひともしごろになると、ビールに招き寄せられる。その気分を詠んだのがこの句。仕事の一段落した夕方、ビアホールや居酒屋で生ビールが冷えているのだ。「二十年つきあつてをりビールのむ」も万太郎。

私は生ビールが大好きだが、肥満対策で抑制している。それだけにたまに飲むビールがうまい。

いま

とほくに象死んで熟れゆく夜のバナナ　岡田一実《かずみ》

バナナ、パイナップル、パパイア、マンゴーなどは夏の代表的季語である。これらの果物、いずれも熱帯が原産地だ。さて、この句、象とバナナの不思議な関係を提示して新鮮。この句を知った人は、今後、バナナを食べる時に死んでゆく象を連想するかも。作者は一九七六年生まれ、『関西俳句なう』(本阿弥書店)から引いた。

むかし

川を見るバナナの皮は手より落ち　高浜虚子

バナナが夏の季語になったのは一九三四年作のこの虚子の句から、と言ってよいだろう。川と皮という同音の語で遊んだ句だが、今だと、虚子さん、皮を落として川を汚してはいけません、と注意されそう。「尼さんが五人一本ずつバナナ」は私の自信(?)作。先年、特急列車、しなの号で、この句の通りの若い尼さんたちに出会った。

いま

青梅を買いに眉毛を引き直し

白川由美子

どうして眉毛を引き直してから青梅を買いに行ったのか。作者が蕪村の「青梅に眉あつめたる美人かな」という句を知っていたから。この蕪村の句、「ああ、すっぱ！」と眉をひそめたようすを「眉をあつめた」と表現、それを美人のしぐさと見た。眉を整えたこの句の人物も、青梅を買う時に眉を集めるのだ。作者は私の俳句仲間。

むかし

青梅に眉あつめたる美人かな

与謝蕪村

「青梅を買いに眉毛を引き直し」は、もちろん、この句の一種のパロディーである。中国春秋時代の絶世の美人、西施《せいし》は、病気で眉をひそめた表情がことに美しかったという。その中国の美女に対して、日本の美女は青梅に眉をひそめる、と蕪村。要するに、美人は青梅のようにつややか。

いま

紫陽花《あじさい》の手毬《てまり》を風がつきに来る

名村早智子

楽しい俳句だ。句集『樹勢』（角川文化振興財団）から引いたが、作者は京都市で俳句雑誌「玉梓《たまずさ》」を主宰している。「紫陽花の路地鴨川へ抜けにけり」も早智子さん。最近はいろんなアジサイが栽培されているが、私は青いガクアジサイが好き。実はこのガクアジサイがアジサイの元来のもの（母種）だという。

むかし

花二つ紫陽花青き月夜かな

泉鏡花

花二つをまず提示し、その花がアジサイで色は青いと具体化する。そして、その二つの青いアジサイを月光の中に浮かばせる。アジサイが妖しく見えるが、それはいかにも鏡花的と言ってよいだろう。そういえば、私には「紫陽花のあなたの鮫《さめ》の口ひらく」がある。二十代の作だが、「あなた」は彼方。そのころ、鮫にひかれていた。

いま

蛍籠吊つて真闇《まやみ》を束ねたる

星野高士《たかし》

ホタル籠をつっている。それはまるでその籠で闇を束ねているようだ、という句。ホタルの光がまわりの闇を際立たせ、ホタル籠が闇の中心のように見えるのだ。この句を収めた句集『残響』（深夜叢書社）には「闇よりも暗きを探す初蛍」もある。ともあれ、ホタルは闇の暗さによって、闇はホタルの光によってその存在感を増す。

むかし

蛍の国よりありし夜の電話

星野立子《たつこ》

この句の「蛍」はホーータルと引きのばして読む。牡丹《ぼたん》をボータンと読むのも同じことだが、そのように読むことで五七五のリズムを整える。つまり、これは俳句に特有の俳句的な読み方である。立子は高浜虚子の娘だが、右の句の星野高士の祖母でもある。「蛍よぶ昔も今も同じ唄」も立子の作。「ホーホーホーホータル来い」がその唄か。

いま

蜜豆を食べたからだに触れてみて　三宅やよい

この句、二つの読み方ができそうだ。蜜豆を食べたよ、さあ、この体に触ってよ、という読み方が一つ。句は倒置されていると見て、あなたの体に触れてから蜜豆を食べたよ、と読むのがもう一つ。私には前者がおもしろい。蜜豆を食べて変化した体がなんだか神秘的ではないか。この句、『船団の俳句』（本阿弥書店）から引いた。

むかし

蜜豆が喰《た》べたいといって御臨終　永六輔

最後に食べたいものはなんだろう。私の場合はやはり大好きなあんパンか。でも、臨終の際はそしゃく力が衰えているから、あんパンはのどにつかえて無理かも。とすると、あんパンと類縁の蜜豆がいいのかなあ。『六輔　五・七・五』（岩波書店）から引いたが、「耳寄せてまずはビールの音を聴く」も永さんの句。生ビールがうまそう。

いま

その宛名かの虹の根っ子ではないか

鳥居真里子

虹の根っ子に届くのは何だろうか。夢があって楽しい俳句だ。真里子さんは若い日からの俳句仲間だが、私より四歳下のはず。ということはもう七十代である。七十代になってこの句のような発想ができるって、なんともすてきではないか。私も虹の根っ子に宛ててハガキでも投函したい。そこにはもしかしたら真里子さんがいるかも。

むかし

虹立ちて忽《たちま》ち君の在る如し

高浜虚子

この作者に「虹」というエッセーがある。虚子が「虹が立っている」と言うと、若い病弱な女弟子がその虹を見ながら、「あの虹の橋を渡って鎌倉へ行くことにしましょう。今度虹が立った時に……」と独り言のように言う。鎌倉に住んでいる虚子は、「渡っていらっしゃい。杖《つえ》でもついて」と応じる。時に虚子は七十三歳。やるなあ、この老人！

いま

どろどろでぐちゃぐちゃの夏きみがすき

内野聖子

どろどろでぐちゃぐちゃなのは、たとえば公園の砂場で遊んでいる幼いわが子？　もちろん、恋人でも夫でもよいだろう。私もどろどろやぐちゃぐちゃが好き。先日も近所の小学生と水のかけっこをしてぐちゃぐちゃになった。「年寄りの冷や水よ。風邪をひいたらどうするの」と家人がとがめたが、でも、大好き。

むかし

冷水に煎餅二枚樗良《ちょら》が夏

三浦樗良

樗良は与謝蕪村と同時代に活躍した俳人。この句は夏の自画像ともいうべきもの。冷水と煎餅二枚のつつましさがいいなあ。このつつましさには清涼感がある。ところで、私は悩んでいる。自販機で冷えたお茶を買うのと、ポットで湯を沸かして熱いお茶を飲むのは、どっちが節電になるか、と。目下は湯を沸かしている。

いま

大きな木大きな木蔭夏休み

宇多喜代子

夏休みはこの句のように、大木の大きな木陰でゆったりしたい。のんきなことを言っているようだが、小・中学校、あるいは高校や大学にたっぷりと夏休みがあるかぎり、未来は明るいだろう。ゆったりした休みが、何か大きなものを醸成する。というわけで、この句、夏休みのコピー（宣伝文句）として日本中に広めたい。

むかし

夏休み犬のことばがわかりきぬ

平井照敏《しょうびん》

夏休みに入って、犬とじっくりと付き合っているのだろう。「わかりきぬ」は分かってきたという意味。今まで以上に犬と心が通うようになったのだ。まさに夏休みの成果であろう。照敏は一九三一（昭和六）年生まれ。詩人、俳人として活躍、二〇〇三年に他界した。彼の編んだ俳句選集『現代の俳句』はわが愛読の一冊。

郵 便 は が き

料金受取人払郵便

麹町局承認

1763

差出有効期間
2022年1月31日
まで

切手はいりません

102-8790

209

(受取人)
東京都千代田区
九段南 1-6-17

毎日新聞出版

営業本部　営業部行

ふりがな	
お 名 前	
郵便番号	
ご 住 所	
電話番号	(　　　　)
メールアドレス	

ご購入いただきありがとうございます。

必要事項をご記入のうえ、ご投函ください。皆様からお預かりした個人情報は、小社の今後の出版活動の参考にさせていただきます。それ以外の目的で利用することはありません。

毎日新聞出版　愛読者カード

本書の
タイトル 「　　　　　　　　　　　　　　　　　」

●この本を何でお知りになりましたか。

1. 書店店頭で　　　　2. ネット書店で

3. 広告を見て（新聞／雑誌名　　　　　　　　　）

4. 書評を見て（新聞／雑誌名　　　　　　　　　）

5. 人にすすめられて　　6. テレビ／ラジオで（　　　　　）

7. その他（　　　　　　　　　　　　　　　　　）

●どこでご購入されましたか。

●ご感想・ご意見など。

上記のご感想・ご意見を宣伝に使わせてくださいますか？

1. 可　　　2. 不可　　　3. 匿名なら可

職業	性別 男　　女	年齢 歳	ご協力、ありがとうございました

いま

ぐんぐんと山が濃くなる帰省かな

黛執《しゅう》

夏休みに学生や勤め人が帰郷する、それが季語「帰省」だ。この句は近代の季語である帰省の代表作。「山が濃くなる」は久しぶりに帰郷する者の胸の高鳴りを生き生きと伝える。父母がいたころ、私は四国の佐田岬半島へ帰省した。四国へは宇高《うこう》連絡船で渡るのが慣例で、乗り継ぎの際、土産の入った大きな荷物を提げて疾走した。

むかし

月見草萎《しお》れし門に帰省せり

前田普羅《ふら》

月見草は夕方に咲き、翌朝にしぼむ。だから、普羅の句は早朝の帰省だろう。家族はまだ寝ているのか。一八九〇（明治二十三）年に出た宮崎湖処子《こしょし》の『帰省』は、東京から九州の村へ帰省したようすを、詩歌をまじえて描いている。帰省という語を広めた当時の話題作だが、帰省子（帰省した者）は家族や近隣の人々に大歓迎されている。

「いま」

風鈴の日と名づけたき日となりぬ　杉田菜穂

「風鈴の日」にふさわしいのはどんな日だろうか。安定した晴天が続く梅雨明けの後？いやいや、汗だくだくの真夏日だろうか。

この句は句集『砂の輝き』（KADOKAWA）から引いた。「海豚《いるか》見てより泳ぎたくなりにけり」「緑蔭に収まりきらぬ合唱団」「ドアノブに引つ掛けてある夏帽子」も一九八〇年奈良県生まれの菜穂の作。

「むかし」

風鈴や端居《はしい》のうしろ妻のをり　森澄雄

この句、風鈴のある典型的な風景かも。縁側の前方に夫がいて、その少し後ろに妻が控えている。蚊取り線香がたなびき、軒の風鈴が鳴る。「あっ、それはもう古典的な風景よ」。たまたま来ていた娘が反論した。「現代のマンションのベランダだと、ハイボールかビールを飲みながら、夫妻は向き合って風鈴を聞いているわよ」と娘。

いま

手を抜いて知る夏料理うまきこと

筑紫磐井《ばんせい》

季語「夏料理」はさっぱりして涼しい夏向きの料理。この句の夏料理はキュウリ、あるいはトマトを冷やして切っただけという感じ。いや切ってもいないかも。素材の味だけで勝負する、それがもしかしたら夏料理の醍醐味《だいごみ》だろう。
「はだしとは裸に近き気持ちなれ」も磐井。この「はだし」も先の夏料理に通じている気がする。

むかし

美しき緑走れり夏料理

星野立子

夏料理の句でもっとも有名な俳句。料理がいかにも涼しく、実にうまそう。『星野立子』（鎌倉文学館）はこの句について以下のように解説している。「日本中が食料不足に陥った戦時下の昭和十九年七月の作。立子はこの句を発表したとき、大バッシングにあった。しかし実際はお粥《かゆ》か何かの上に青菜がのっている程度の食事だった」

いま

アロハ着て中井君ぽい吉田君

火箱ひろ

アロハを着たら吉田君が中井君の感じになった、という句。ありそうな光景だ。節電が期待されている今年の夏はアロハがはやる？

ひろは私の俳句仲間だが、その仲間うちでごく普通の友だちの姓を俳句に詠むことがはやった。次は私の作。「バラの名はマチルダ君は山田さん」「肩に来たこの天道虫《てんとうむし》は原田君」。さて、出来栄えは？

むかし

白地着てこの郷愁の何処《どこ》よりぞ

加藤楸邨

アロハシャツ、夏シャツ（Tシャツ、開襟シャツなど）は夏の季語だが、夏のシャツに相当する着物時代の衣装は白絣《しろがすり》であろうか。木綿や麻の白地に黒や紺で絣模様を織ったもの。白地とも呼んだ。

この句、『加藤楸邨句集』（岩波文庫）から引いた。白地を着て郷愁に包まれる風情はいいなあ。着てみたい気に私もなっている。

いま

ラムネ手にスケートボード蹴りすすむ　中嶋陽子

ラムネ、ソーダ水などのいわゆる清涼飲料は夏の季語。ラムネは炭酸ガスを水に溶かし、砂糖とレモンで味付けした飲料だが、瓶に詰めガラス玉で栓をしたのが特色。この句、句集『一本道』（ふらんす堂）から引いた。作者は一九六六年生まれ、東京都世田谷区に住む。スケボーの若者が手にして、ラムネがまるで新しい飲料みたい。

むかし

胸毛の渦ラムネの瓶に玉躍る　西東三鬼

この句は一九五一年の作、太平洋戦争の敗戦直後の若者を詠んでいる、と見てよい。そのころ、胸毛は若者のたくましさの象徴だった。敗戦後を生きた私の世代はいわば胸毛世代なのである。ところが、今は皆が胸毛などをそる無毛時代、右の句「ラムネ手にスケートボード蹴りすすむ」の現代の若者には胸毛がないのかも。

いま

宅配の函につめこむ木下闇《こしたやみ》

高岡修

季語「木下闇」はうっそうとした木々の下の暗がり。日盛りにその暗がりはことに濃い。木の椅子など置くと絶好の休息の場になる。もっとも、蚊が多い感じもするが。この句、その木下闇を宅配の箱に詰めて送るというのだ。送る相手はもっとも気の置けない人だろう。木下闇といっしょに自家栽培のキュウリやナスも箱に入れる?

むかし

緑蔭《りょくいん》に三人の老婆わらへりき

西東三鬼

季語「緑蔭」は暗がりではなく、木漏れ日のちらちらする青葉の下だ。この句、その緑蔭に三人の老婆がいて不意に笑った。この光景、幸せなのか、それともやや不気味なのか。どっちともとれるのが、俳句という短い表現の特色だ。私は歯のない三つの大きな口を目に浮かべる。

いま

向日葵は余所見《よそみ》が苦手まるで犀

寺田伸一

「余所見が苦手」に笑ってしまう。サイに似ているという見方には膝を打って同感する。たしかにヒマワリは炎天下のサイの変種かも。作者は私の俳句仲間、大阪市に住む。そういえば、ヒマワリはコガネヒグルマ（黄金日車）とも言う。与謝野晶子は「髪に挿せばかくやくと射る夏の日や王者の花のこがねひぐるま」と歌っている。

むかし

向日葵も油ぎりけり午後一時

芥川龍之介

岩波文庫の『芥川竜之介俳句集』には「向日葵も油ぎりけり午後一時」「向日葵も油ぎりけり午後三時」「向日葵の花油ぎる暑さかな」の三句が並んでいる。どの句がよいか、作者も悩んだ気がする。ちなみに、一時のヒマワリに私は花の勢いを感じる。元気よく油ぎっている掲出の句の出来が一番よいと思うが、さて、どうだろうか。

いま

リポビタンDの空壜夏の花

加藤かな文

水田光雄は「ドリンク剤の空壜が、夏の花の傍らに捨ててあるのは熱帯夜を連想する。季語のはたらきが絶妙」とこの句を評している（『俳壇年鑑』二〇一八年版）。季語「夏の花」は、実は使用例のあまりない季語だ。私は夾竹桃《きょうちくとう》や百日草、ダリアなどを連想するが、一方では広島の原爆被災を描いた原民喜の小説「夏の花」も思い出す。

むかし

病みて日々百日草の盛りかな

村山古郷《こきょう》

句集『西京』（一九六二年）から引いた。一九〇九年に京都で生まれた作者は、兄の影響で俳句に手を染め、石田波郷、内田百閒などと交わりながら昭和後期の俳壇で活躍した。俳句史の研究や俳句にかかわる達意の随筆がこの人の業績。随筆集には『練馬の狐』『波郷さんのベレー帽』などがあり、八六年に他界した。この句は五七年の作。

いま

いつの間に沖のつめたき浮輪かな

白石喜久子

浮輪に頼って泳いでいたら、いつの間にか沖に出ていて、足のあたりがひんやりした、という句。「沖のつめたき」がうまい表現だ。句集『鳥の手紙』（角川文化振興財団）から引いた。海辺の村で育った私は、夏は一日中海で過ごした。泳ぎもいつの間にか覚えていた。でも、沖の冷たさだけには慣れなかった。沖に出るのはこわごわだった。

むかし

暗闇の眼玉濡《ぬ》らさず泳ぐなり

鈴木六林男《むりお》

この句を鑑賞した金子兜太は、若い純潔な肉体が、自分の意思を示した美しさ、それがこの句の美しさだ、と述べている（『今日の俳句』一九六五年）。六林男は昭和後期に大阪を拠点にして活躍した俳人。暗闇の中で泳ぐ人の目玉だけが光っているこの句は、私などの俳句のまぎれもない原点。この句、五七五の言葉で描いた見事な絵だ。

いま

福分けの田舎の暮し茗荷《みょうが》の子

清水和代

季語「茗荷の子」は淡紅色の苞《ほう》をかぶったミョウガのつぼみ、タケノコに似ている。薬味や汁の具にするが、私はこれを刻んでキュウリと合わせ、花かつおをふり、しょうゆをちょっとかけて食べるのが好きだ。この句、句集『遊子』（本阿弥書店）から。「福分け」とはもらったものをさらに誰かに分けること、あるいは、その分けた物。

むかし

日は宙にしづかなものに茗荷の子

大野林火《りんか》

「宙」はチュウ、またはソラ。どちらの読みでもよい。太陽が大空にあって、地上の畑に「茗荷の子」が育っている。あるいは、ミョウガはまな板の上にあって、料理される寸前かもしれない。「しづかなもの」は太陽とミョウガの子の両方に掛かっており、炎天下の小さなミョウガのあたりが森閑としている。ミョウガの香りが立つ。

いま

何にでもしやがみこむ子と避暑散歩　森田純一郎

このような子、好きだなあ。好奇心旺盛で、草や虫など、いろんなものが気になってしゃがみこむのだろう。「避暑散歩」とは避暑先での散歩。この季語を作ったのは純一郎さんの父、森田峠。峠に『避暑散歩』という句集がある。つまり、季語「避暑散歩」は森田家が元祖なのだ。この句、句集『祖国』（本阿弥書店）から引いた。

むかし

雲を脱ぐ富士が見えそめ避暑散歩　森田峠

「何にでもしやがみこむ子と避暑散歩」を話題にした。この句はその純一郎さんの父の句。峠句集『避暑散歩』（一九七三年）から引いた。避暑散歩とは避暑先で散歩を楽しむこと。峠のこの句以来、夏の季語となっている。峠は句集のあとがきで、避暑散歩という語は「軽妙で、フレッシュ」だと思う、と述べている。

いま

夏の草ひいてもひいてもへらないなあ　谷利優公《ひろまさ》

京都府南丹市の西本梅《にしほんめ》小学校を訪ねた日、約五十人の全児童が校庭の草取りをしていた。その後、皆で俳句を作った。私はその小さな山中の学校の俳句の先生だ。「夏の草名前はしらん何だろう」(二年・下間明ほ)、「夏の草しかのうんちをさわりかけ」(三年・中井創太)、「夏の草バッタが飛ぶよ草みたい」(四年・奥村唯葉《ゆいは》)。

むかし

夏草や兵《つわもの》どもが夢の跡　松尾芭蕉

芭蕉の『奥の細道』の平泉の章は名文である。音読すると「夢の跡」の夏草のそよぎを感じる。

「義臣すぐつてこの城にこもり、功名一時の草むらとなる。「国破れて山河あり、城春にして草青みたり」と、笠うち敷きて、時のうつるまで泪《なみだ》を落はべりぬ」。義経の居館(高館)に登っての感慨だ。この後に掲出の句が出ている。

いま

掛けてより肩に力のサングラス
杉阪大和

季語「サングラス」は夏の強い紫外線から目を守るもの。夏の日のおしゃれ、でもある。この句、句集『思郷』（北辰社）から引いたが、「肩に力の」という表現に共感する。サングラスには仮面的効果があって、それをかけると普段とはちょっと違った気分やしぐさをもたらす。肩に力が入って、肩をそびやかして歩いたりするのだ。

むかし

サングラスかけて紅唇いよよ燃ゆ
久保田万太郎

「紅唇」の読みはコウシン、またはクチビルか。真っ赤な女性の唇が、黒いサングラスと対照的になって、まるで燃えるように見える。この夏、私もサングラスをかけている。白髪と対照的になって、悪玉の老けた子分みたい、と妻は言う。品がない、はずせば、と彼女は遠回しに言っているらしいが、私はイーストウッド気分だ。

いま

黒揚羽真昼を出たり入ったり

高野ムツオ

たとえば庭先の黒揚羽。その飛ぶようすは「真昼」という時空へ飛びこみ、そこからすぐに出て来る感じ。不思議な動きだ。「飯を食う五人ひとりは黒揚羽」もムツオの句だが、この黒揚羽にもこの世を超えた不思議な感じがある。

「八月のナガサキアゲハ尾行せよ」は私の句。尾行しませんか。水筒を持って、半日くらい。

むかし

うつうつと最高を行く揚羽蝶

永田耕衣

この耕衣の句を覚えて以来、高く飛ぶ揚羽蝶は、いつでも「うつうつと」しているように見える。

「或る高さ以下を自由に黒揚羽」も耕衣の句だが、高いところはうつうつと、そして低い場所では鬱を忘れて自在に飛ぶ。えっ、それってほんとう？　もちろん、これは一九〇〇年生まれの俳人、耕衣が見つけた俳句的世界である。

いま

どこか曲がって今朝の胡瓜とおとうさん

野本明子

キュウリと同じに曲がった夫。少しすねた夫を「おとうさん」と平仮名書きにしたのは妻のやさしさ？　子どもが「お父さん」と呼んだその言い方を妻も受け継ぎ、今は夫婦だけの日常なのだろう。少し曲がった今朝のキュウリは「おとうさん」がプランターか自家菜園で作ったか。今朝のキュウリも夫もちょっとだけカワイイ。

むかし

詩も川も臍《へそ》も胡瓜《きゅうり》も曲りけり

橋閒石

詩、川、へそ、キュウリ、この四つはほとんど関係がない。それを曲がるという観点から強引に同格、同列にした。その強引さが俳句的な発想であり、とてもおかしい。ちなみに、曲がった詩とは、意外な発想や表現の詩を指すのだろう。曲がったへそ、これはもちろん人の曲がった性格。ともあれ、曲がったものこそ面白い、とこの句。

いま

雑誌繰る君素足なり寝ころんで

神野紗希

「素足」は夏の季語。近年、若い女性の足を生足と呼ぶが、素足は足、生足は脚の違いがありそう。素足には歩く快さ、物を踏む感触の快さがあるかも。

この句の「君」は、女性でも男性でもよい。素足のその足の裏にちょっと触れたいような雰囲気だ。作者は一九八三年生まれ、現代のとびきり若い俳人である。

むかし

足のうら洗へば白くなる

尾崎放哉

季語「素足」を話題にした。夏の季語だが、身体の部位でいちはやく秋の気配を察知する場所、それが素足かも。

この句、季語はない。だが、洗って白くなった足はいちはやく秋を感じているか。「海が少し見える小さい窓一つもつ」「とんぼが淋しい机にとまりに来てくれた」も放哉。彼は大正時代に活躍した。

いま

ゆく夏のサンダル砂と戯れて

天野小石

季語「ゆく夏」は過ぎてゆこうとしている夏。夏の果て、晩夏などもほぼ同じ意味である。この句、晩夏の砂浜の風景だ。人物を消してサンダルと砂だけを描いた光景はまるで絵のよう。俳句には〈言葉の風景画〉という一面があるが、この句はまさにその例。「晩夏光洋酒の封を切るナイフ」も一九六二年生まれの小石の作。

むかし

どれも口美し晩夏のジャズ一団

金子兜太

一九六八年刊の句集『蜿蜿《えんえん》』にある。この句を口ずさむと、ジョン・コルトレーンのサックスが響く。

「蜿蜿」が出て間もなく、二十代の私は仲間と上京して兜太を訪ねた。職場近くの喫茶店で会ってくれた彼は、「君ら、デパートの屋上から飛び降りろ」と言った。あっと驚くようなことをして俳句を面白くしろ、という挑発だった。

秋

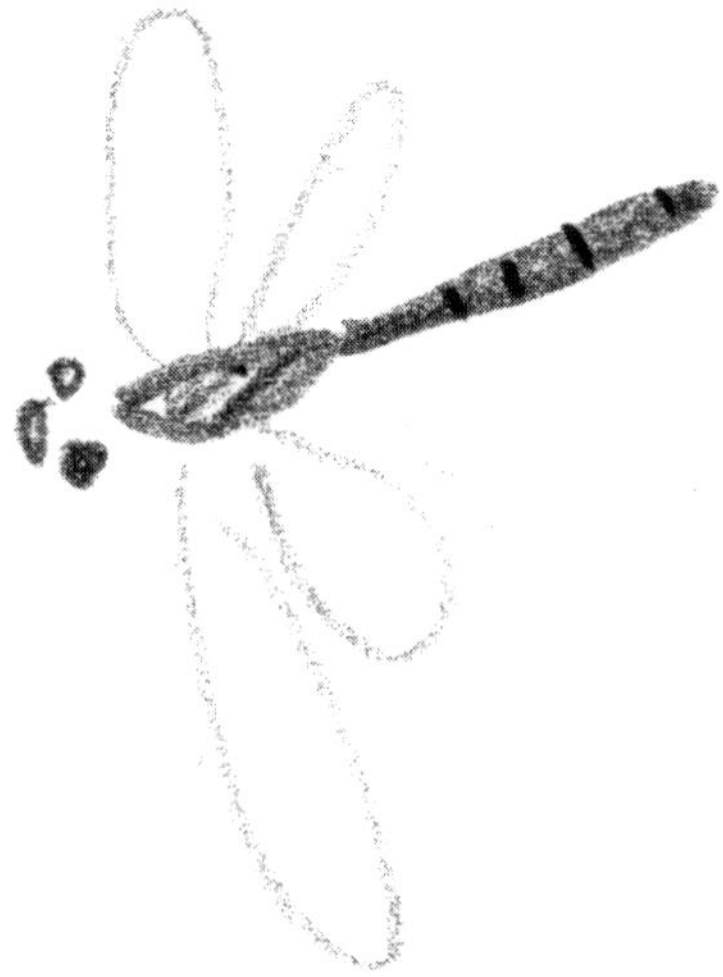

いま

縁側に坐せば山あり盆帰省

牛田修嗣

句集『白帆』（ふらんす堂）から。作者は横浜市に住む。盆と正月には多くの人が生家や故郷へ帰る。どうしてか。四季になる以前、この列島には二季で暮らす時代があった。正月から盆までの野の季節、そして、盆から正月までの山の季節。四季の時代になっても、基層には二季が生き続け、今に至っているのではないだろうか。

むかし

生身魂《いきみたま》七十と申し達者なり

正岡子規

季語「生身魂」は盆の間の長老をさす。かつて、生身魂は贈り物を受け、ごちそうをふるまわれたという。尊敬されたのだ。子規の活躍した明治時代、平均寿命は四十歳ほどで、四十歳になると立派に初老だった。だから、七十歳の生身魂が達者であるのは、格別にめでたかった。ともあれ、私も年齢的には十分に生身魂である。

いま

秋風鈴ははが訪ねてきたやうな

宮谷昌代

秋の風鈴はしまい忘れているもの。その季節はずれの風鈴がちりりんとなった。「おやっ、母が……」と思ったのである。もちろん、母はとっくにあの世の人だ。この句、句集『茶の花』（本阿弥書店）から引いた。作者は一九四五年生まれ、京都府宇治市で俳句雑誌「天塚」を主宰している。「旅慣れの小さな鞄秋うらら」も昌代さん。

むかし

くろがねの秋の風鈴鳴りにけり

飯田蛇笏

「くろがね」は鉄。くろがねと表現すると黒ずんだ鉄の風鈴が目に浮かぶ。鉄の風鈴が鳴ったというだけの内容だが、なぜか心にしみるのはなぜだろう。「くろがねの」とオの音の響く重い感じで始まり、「秋の」で明るい音に転調、「風鈴」でひときわ音が高くなる。そして、「鳴りにけり」に響くイの音が余韻となる。音律が実に見事！

いま

よし分った君はつくつく法師である　池田澄子

しきりに鳴くつくつく法師に向かって「よし分かった」と言っている？　認められてセミは鳴きやんだだろうか。あるいは、よくしゃべる誰かに言っているのかも。私だと、「よし分かった君は晩夏のカバである」と言われたい。

「胃は此処《ここ》に月は東京タワーの横」も澄子。自分の胃と東京タワーの横の月がまるで親戚みたい。

むかし

繰言《くりごと》のつくつく法師殺しに出る　三橋鷹女

右で「よし分った君はつくつく法師である」を話題にしたが、「よし分かった」と理解しないのがこの句。繰りごとを許さない厳しさが「殺しに出る」。

鷹女は一八九九年生まれ。「夏痩せて嫌ひなものは嫌ひなり」「この樹登らば鬼女となるべし夕紅葉」「鞦韆《しゅうせん》は漕ぐべし愛は奪ふべし」もその鷹女の厳しい意志の句。

いま

足浸す流れかなかなまたかなかな　ふけとしこ

句集『眠たい羊』（ふらんす堂）から。足をつけた流れがとても澄んでいる感じ。ヒグラシのかなかなという音が流れの澄明感を強めている。ともあれ、初秋の清新さがなんとも快い。「くるぶしのくりりと動き草相撲」「今何をせむと立ちしか小鳥くる」「梨を剝くむかし額をほめられし」。これらも大阪市に住むとしこさんの快い作。

むかし

かなかなや少年の日は神のごとし　角川源義

かなかな（ヒグラシ）を仲間にしているような、生き生きとした少年が目に浮かぶ。この句の作者は角川書店の創業者。彼は俳人、国文学者としても活躍した。ところで、私自身は、「少年の日は神のごとし」でなかった気がする。人とうまく話すことができず、内向的で暗かった。でも、かなかなの声を聞くと心が少し広くなった。

いま

桃すする他のことには目もくれず

三代寿美代

一心に桃を食べているようすがほほえましい。よほど桃が好きなのか。句集『縁《えにし》』（ふらんす堂）から引いたが、松江市に住む作者には「桃啜る奈落の底は楽しさう」という句もある。桃さえあれば地獄に落ちてもいいわ、というのであろう。私も好きだが、ついつい汁をこぼすので家族にしばしば叱られる。桃は食べにくい。

むかし

中年や遠くみのれる夜の桃

西東三鬼

桃の句といえば私は真っ先にこの句を思い浮かべる。太平洋戦争の敗戦直後に出た句集『夜の桃』にあり、三鬼の代表作の一つだ。遠くの夜の桃に私は豊満な女性の存在を感じるが、作者は自作を注解した『三鬼百句』（一九四八年）で、男の夜の感情に現れた桃は、遠い所の木の枝の「生毛のはえた桃色の桃の実」だ、と書いている。

いま

初めての趣味に瓢箪集めとは

西村麒麟

瓢箪集めに感心しているのか、あきれているのか。多分、後者だろうなあ。この句、志賀直哉の「清兵衛と瓢箪」を連想させる。瓢箪磨きに熱中する十二歳の清兵衛は、父からも教師からも、子どものくせに瓢箪とは、と叱られる。ちなみに、麒麟は一九八三年生まれ、その句集『鶉』には「へうたんの中に見事な山河あり」がある。

むかし

ものひとつ我が世は軽き瓢《ひさご》かな

松尾芭蕉

家にある道具らしきものはひさごだけ。自分の人生はこのひさごの軽さで十分だ、という句。実際、芭蕉庵には米五升入りのひさごの米びつがあり、知人の漢詩にちなんで四山《しざん》と名付けていた。四山とは四方の山々、すなわちこの世やこの世界を意味するだろう。人生に限らず世界もまたひさごの軽さがよい、と芭蕉は思ったか。

いま

天の川わたるロスタイムは2分

コダマキョウコ

天の川といえば、昔々、織女星と牽牛星《けんぎゅう》がその川を渡って恋を成就した。中国のその七夕伝説にちなんで、天の川は恋の舞台になった。この句はロスタイム二分が恋人たちの必死の気配を伝える。もっとも、ロスタイムは、サッカーが人気になって広がった和製語、すなわち、外国語の単語をもとにして日本で作った語である。

むかし

天の川わたるお多福豆一列

加藤楸邨

「天の川わたるロスタイムは2分」は、天の川という古い言葉とロスタイムという新語の取り合わせが新鮮だった。この句では、恋の舞台を指すロマンチックな天の川が、なんとお多福豆と取り合わされている。その意外さが新鮮だ。一列に渡っているお多福豆たちは、今の言葉でいえば、集団で婚活している？

いま

たいふうでうみがたってるはしってくる

寺西優羽

海が立ってる走ってくる、が迫真的。四国の佐田岬半島にいた少年時代、台風が襲来すると、私は雨戸の節穴に目を当てて、立って走ってくる海を見続けた。海は大きく膨れて迫ってきた。優羽さんは作句当時、和歌山県美浜町の小学三年生。大阪府茨木市立川端康成文学館の二〇一七年度『俳句コンクール入賞・入選作品集』から引いた。

むかし

鳥羽殿へ五六騎いそぐ野分かな

与謝蕪村

「台風」は近代の季語、江戸時代以前には今の台風を含む秋の暴風を「野分」と呼んだ。文字通り野を分けて吹く風という意味だ。この句、その野分の吹く中を五、六人の武者が疾駆している。鳥羽殿は洛外の鳥羽にあった離宮だ。何か事件が起こったのか。絵巻物の一場面のような句だが、いかにも画家でもあった蕪村らしい作。

いま

相棒がゑのころぐさで突いてくる

井上菜摘子

「ゑのころ」は犬の子。穂が子犬の尾を思わせるのでこの名がついたらしい。狗尾草、犬子草などと漢字を当てる。猫をじゃれさせて遊ぶところからネコジャラシとも呼ぶ。今日の句は相棒にじゃらされている？　もちろん、愛の句。句集『さくらがい』（文学の森）から引いたが、作者は私と同年生、京都府亀岡市に住む。

むかし

よい秋や犬《えの》ころ草もころころと

小林一茶

エノコログサがまさに子犬の尾のようにころころして、「ああ、豊かな気分になる秋だなあ」という句。エノコログサは別名がネコジャラシ。私はこっちの名になじみがある。「行きさきはあの道端のねこじゃらし」は私の句だが、私も一茶と同じようにこの草の穂が風に揺れているのを見ると、幸せに満たされる。この草、大好き。

いま

赤とんぼ空はひろいね困ったね

香川昭子

「困ったね」がなんともおかしい。でも、赤とんぼの中には、空の広さに途方にくれているのが確かにいそうな気がする。

作者は小学生、と言いたいところだが、実は私の俳句仲間。「ひろいね」「困ったね」という対句的表現は、実はかなり高度な俳句的技術のたまもの。その技術を発揮しわざと小学生並みを演じている。

むかし

生きて仰ぐ空の高さよ赤蜻蛉

夏目漱石

「生きて仰ぐ」は生きていて仰ぐ、または生き返って仰ぐ。どちらにしても、秋の高い空を見上げて生きている今を実感している。

漱石は一九一〇年に修善寺温泉で吐血、かろうじて一命をとりとめた。胃潰瘍であった。その時の思いがこの句。小さな赤蜻蛉は漱石の命みたいなものだろう。「蜻蛉《とんぼう》や留り損ねて羽の光」も漱石。

いま

行きあたりばったりきちきち飛蝗《ばった》かな

星野昌彦

自分の人生は行きあたりばったりだったなあ、などと思いながら、精霊《しょうりょう》バッタ、すなわち「きちきち飛蝗」を見ている句か。このバッタ、飛ぶときにキチキチと音を立てる。作者は八十歳代、愛知県豊橋市に住む。第二十句集『東海道即悠々』(春夏秋冬叢書)から引いたが、あとがきに「今が一番」と思う、とある。彼もバッタも今を飛んでいる。

むかし

はたはたに蹴られて風のたなごころ

秋元不死男

「はたはた」は精霊バッタ、キチキチバッタとも呼ぶ。この句の「風のたなごころ」は、風の手のひらという意味だが、秋風の手のひらを蹴って精霊バッタは飛ぶ、と作者は見た。この見方、いいなあ。蹴られた風の手のひらは、ちょっとくぼんだか。私も草むらでバッタを探そう。そして、手のひらからバッタを飛ばそう。

いま

卵かけごはん、でいいよ。秋の雲　岡井隆

作者は意欲的な試みで知られる歌人。この句は短歌日記『静かな生活』（ふらんす堂）から引いた。自作の俳句を前書きにして作った歌が多いが、引用したのもその一例。季語「秋の雲」の軽さを生活感の軽さと重ねた技量は見事だ。ちなみに、この句を前書きにした歌は「まんりやうの白き花もて飾らるる蒸し暑きこの秋の入り口」。

むかし

秋の雲ちぎれちぎれてなくなりぬ　内藤鳴雪

鳴雪は松山藩士だったが、明治になると文部省で働いた。その一方で、正岡子規に入門、俳壇の長老になった。この句、秋の雲らしさを端的に詠んでいる。岩波文庫に『鳴雪自叙伝』がある。幼児期の鳴雪には寝小便ならぬ寝ぐそをたれる悪癖があった。その始末に祖母たちが大騒ぎしている最中、泥棒に入られたという。

いま

虫止んで海王星からとどく音

酒井弘司

虫が鳴きやめたあと、聞こえるのは海王星の音だ、という句。「えっ、ホント？」と反論したい人がいるかもしれないが、反論しないで素直に認めたい。虫の声の後は海王星の音を聞く、それって壮大でいいではないか。自分の存在が宇宙大に広がっている。やや難聴の私は虫の声を聞きがたい。でも、海王星の音は聞こえる気がする。

むかし

草雲雀かなたのひともたもとほる

大野林火

「たもとほる」（タモトオル）は行ったり来たり。あの人も今ごろクサヒバリの声を聞きながら徘徊しているだろう、と想像した句。文芸評論家の山本健吉は、風や虫の音を聞くことを通して人々は〈もののあわれ〉を深く知った、と述べた（『日本大歳時記・秋』）。虫にかかわる季語は何度も取り上げるに値するとても重要なものだ。

いま

水をゆく真白なる雲曼珠沙華

成田清子

池か川に真っ白い雲が映っている。その水辺には真っ赤な曼珠沙華が咲いている。白と赤との対照がとてもあざやかな光景だ。

「朝潮がどっと負けます曼珠沙華」は私の句。この朝潮は四代目朝潮太郎。曼珠沙華といえば私は朝潮関を連想するが、饅頭《まんじゅう》がひしゃげたようになる彼の負けっぷりが大好きだったからだろう。

むかし

曼珠沙華どれも腹出し秩父の子

金子兜太

曼珠沙華は腹を出したように咲き、秩父の子はふくれた腹を出したまま遊んでいるという句。ちなみに、秩父には関東の山国という意味があるだろう。秩父の子は山国の野生児だ。そういえば少年の私も腹を出していたなあ。サツマイモばかりを食べていたせいかぷくんと腹が出ていた。海辺の村の仲間もみんな。

いま

野の草へ露を配りにゆくところ

ふけとしこ

「どこへ行くのですか」と問われた。「野の草へ露を配りに行くのよ」と答えた。答えたのはだれだろう。草花係の天使？　それとも秋の女神であろうか。

その晩年、草花の写生画をせっせと描いた正岡子規は、「神様が草花を染める時もやはりこんなに工夫して楽しんで居るのであらうか」（『病牀六尺』）と書いた。

むかし

芋の露連山影を正しうす

飯田蛇笏

露の俳句といえば真っ先にこの句を思い浮かべる。近景には里芋の広い葉で丸くなっている露がある。ころころしてちょっとでも風が吹くと落ちそうな露だ。そのかなたには連山、すなわち連なる山々がくっきりとそびえている。どっしりとした連山は露に映っている気がするが、さて、どうだろうか。ともあれ近景と遠景が鮮やか。

いま

月に乾杯おひとり様の白ワイン

富田敏子

白ワインに月光がさしてすてきな光景だ。作者は一九三六年生まれ。〈おひとりさま〉は社会学者の上野千鶴子がはやらせた言葉。その上野、『男おひとりさま道』（法研）で書いている。「おひとりさまはひとりでいることが苦痛でなく、それを選択したひとのことだ」。意志的に選択して楽しむおひとりさま、それがこの句のイメージだ。

むかし

いつかいつかいつかと待ちしけふの月

田捨女《でんすてじょ》

いつだろうか、いつだろうかと待っていたら「けふ（今日）の月」になった、という句。ではその「けふの月」はどんな月か。この句はそれを尋ねるクイズになっている。作者は芭蕉とほぼ同時代の俳人。今の兵庫県丹波市で育った。

「いつか」には「いつ」に五日が掛かっている。その「いつか」が三回、つまり今日の月は……。

いま

枝豆や実《じつ》なき男捨てるべし

柴田佐知子

「実なき男」は誠実さを欠くいいかげんな男。でも、「実なき男捨てるべし」と頭では思いながら、実際はなかなか捨てることができない。母性本能のようなものをなぜかくすぐるのだ。

この句、枝豆を食べながらの感懐だろうか。あるいは、食べているのは男？ どちらにしても、男は枝豆くらいの存在である。

むかし

枝豆や三寸飛んで口に入る

正岡子規

子規の句、枝豆をつまんで自分の口へしきりに飛ばしている。「枝豆や病の床の昼永し」「枝豆のつまめばはぢく仕掛かな」「枝豆のから捨てに出る月夜かな」「枝豆や月は糸瓜の棚に在り」も同時作。

ところで、愛知県碧南市では若い地豆（落花生）を塩ゆでし、枝豆と同じように食べる。これもまた食べ始めたら止まらない。

いま

素秋《そしゅう》いま青色発光体の海

船越淑子

この句の季語「素秋」は秋の異称。「素」は白の意味があるので、素秋は「白秋」と同じだ。白秋もやはり秋の異称である。ちなみに、四季には色があり、秋は白、冬は黒、春は青、夏は朱（赤）。この句、白と青の対照がとても鮮やか。青色発光体はＬＥＤ（発光ダイオード）であろうが、それを詠んだ句は珍しい。今をときめく青色だ。

むかし

秋白し笊《ざる》にほしたる西瓜種子《だね》

中勘助

秋の異称に素秋、白秋がある、と述べた。「素」の意味は白であり、要するに秋は白いのだ。空気の澄んだ上天気の日などには確かに日ざしや風を白く感じる。この句、白々としたその秋の日、笊に干しているスイカの種子が目についた。黒い粒々は秋の白さをいっそう強く感じさせた。勘助は名作小説『銀の匙』の作者。

いま

遠来の目をしてゐたり秋桜《あきざくら》

川口真理

秋桜、すなわちコスモスはメキシコが原産で、日本には明治半ばに渡来したという。この句、コスモスのそばにいる人が遠来の目をしているのだろうが、コスモスそのものが「遠来の目」で咲いていると読んでもよい。「秋桜ほろりと乾く裸身かな」も句集『双眸』（青磁社）にある真理の作。秋の裸身はコスモスみたいに乾く？

むかし

コスモスの晴といはばや嵐あと

水原秋櫻子

台風一過のさわやかな晴れ、それを「コスモスの晴れ」（コスモス日和）と言いたいという句。句集『葛飾』（一九三〇年）から引いたが、この句集は俳句史に燦然と輝く名句集だ。「啄木鳥や落葉をいそぐ牧の木々」「馬酔木《あせび》より低き門なり浄瑠璃寺」「葛飾や桃の籬《まがき》も水田べり」「高嶺星蚕飼《たかねぼしこがい》の村は寝しづまり」などの名句がいっぱい。

いま

門川の水音に秋澄みにけり

鈴木のぶ

冷気を含む移動性高気圧がやってきて、空気が澄み渡るのが季語「秋澄む」。空が高くなり、たとえば山がうんと近くに見えるようになる。虫の音や小鳥の声も澄むし、人の表情や心もなぜかきれいになる感じ。のぶさんは一九三〇年生まれ、札幌市に住む。八十代半ばにして句集『好日』（泉叢書）を出した。「好日を賜はる人も虫の音も」ものぶさん。

むかし

秋澄むやまのあたりなる八ケ岳

五百木《いおき》飄亭

季語「秋澄む」を広めたい。たとえば上天気のある朝、「今朝はまさに秋澄むですね」「ええ、気持ちも秋澄む状態ですよ」なんてあいさつする。そのように「秋澄む」が日常語になれば、と願っている。きれいな言葉は人々の気持ちや表情をきれいにする。風景までもきれいにするのだ。この句の作者は正岡子規と新聞社の同僚だった。

いま

東京に名の谷多し爽かに

高橋睦郎

季語「爽か」は秋の爽快さを言う。澄んだ大気は人の気分をもさっぱりさせる。この句、東京には何々谷という地名が多いなあ、と思いながら東京のどこかを歩いている。茗荷谷、あるいは千駄ケ谷？　阿佐ケ谷かも。作者の睦郎さんは一九三七年生まれ、現代詩、短歌、俳句などの日本語の詩歌の全般に関わる稀有の詩人だ。

むかし

爽やかにあれば耳さへ明らかに

高浜虚子

爽やかな日なので耳までがよく聞こえる、という句。そういえば、季語には「秋の声」とか「蚯蚓《みみず》鳴く」がある。前者は何の音か分からないが秋を感じさせる音、後者はミミズの鳴き声。爽やかな秋は物音の季節なのかも。ちなみに、俳句教室などで私は話している。ミミズの声が聞こえるようになったら一人前の俳人です、と。

いま

死ぬときは箸置くやうに草の花

小川軽舟

季語「草の花」は野山に咲く秋の草花の総称だ。俳人好みの、つまり俳句を詠む人に愛されている季語だ。この句、「草の花」に託して理想の死を詠んでいる。句集『呼鈴』（角川書店）から引いた。私には「がんばるわなんて言うなよ草の花」がある。がんばる、忙しい、若い。私はこの三つの語をほめ言葉として使わないできた。

むかし

草いろいろおのおの花の手柄かな

松尾芭蕉

この句、「草の花」の多様性はそれぞれの草の働きによる、と見る。現代は生物の多様性に価値が置かれているが、その現代の価値観を先取りした句ではないだろうか。右で、がんばる、忙しい、若いをほめ言葉としては禁句にしている、と書いた。私見では、だれもが気軽に使う言葉を禁じることで言葉の多様性が実現する。

いま

学校のへちまぶらぶら子どもらも

小枝恵美子

ヘチマも子どももぶら下がっている風景、それをいいなあと見ている句。もっとも、ぶらぶら状態はだらしない、と読む人があるかも。短い表現の俳句ではこの句のように逆の読み方がしばしばできる。でも、それが俳句の特色だと見たのは正岡子規。この句、ａの音の快い響きがぶらぶら状態を肯定している、と私は読む。

むかし

糸瓜咲いて痰のつまりし仏かな

正岡子規

糸瓜の花が咲いていて、その下に痰をつまらせて亡くなった人がいる、という風景。「仏」は死体だ。すさまじい風景だが、これは実は子規が描いた自画像だった。彼は一九〇二年に他界したが、亡くなる寸前にこの糸瓜の句などを揮毫《きごう》した。つまり、この句は死後の自分を想像したもの。ぶざまな風景に子規は思わず苦笑したか。

いま

浜風に一喜一憂若き日々

江夏豊

作者は元プロ野球の名投手。この句、木割大雄さんの句集『俺』（角川書店）によると、大阪のラジオ番組に出演した江夏さんが放送中に作ったものだという。木割さんが「季語がないよ」と指摘したら、「甲子園の浜風は秋よ！」と江夏さんは応じたらしい。素朴な句だが、甲子園のマウンドで浜風を気にしている江夏さんの姿が目に浮かぶ。

むかし

秋風や眼中のもの皆俳句

高浜虚子

秋風に吹かれているすべてのものは俳句に詠める、という句か。虚子は自然も人間も季節（四季）のうちにある、と主張、俳句を季節の詩として広めた。虚子のその功績は大きいが、私見では、四季は人間が作った文化的装置。もちろん、季語も。だから、四季や季語を絶対化してはいけない。それは時代と共に生きる文化なのだ。

いま

パソコンの起動待ちゐる秋思かな

田所節子

秋には感傷的になって、わけもなく物思いをする。そのやや感傷的な物思いが季語「秋思」だ。『田所節子集』(俳人協会)から引いたこの句には次の自注がある。「パソコンを起ち上げる時、意外と時間がかかる。といっても何分かなのだろうが、その短い時間に割り込んで来る秋思」。秋思はこのように不意に来ることが多いかも。

むかし

老愁のその一端の秋思かな

相生垣瓜人《かじん》

作者は一八九八年生まれ、浜松市を拠点に活躍、『相生垣瓜人全句集』(角川書店)がある。この句、その全句集から引いたが、老醜はあるが、「老愁」という語はないのではないか。多分、作者の造語だろう。ともあれ、私は老愁という語が気に入っている。死を身近にした老愁は、秋思よりも切実、老人の大事な特色であろう。

いま

秋薔薇《そうび》あらあたし、てな顔つきで

佐山哲郎

バラ園などでは初夏のバラがことに美しい。季語でも「薔薇《ばら》」は夏だが、実は普通のバラは四季咲き、秋にも冬にもそれぞれに違った風情をバラは見せてくれる。

この句の作者は一九四八年生まれ。ジブリの『コクリコ坂から』の原作者である。「間歇《かんけつ》泉《せん》のごときおばさん鰯雲」「愚図る子はうちの胡桃になつちやいな」も哲郎。

むかし

二輪にて足る秋のばら真珠婚

佐藤鬼房

真珠婚は結婚三十周年の祝い。その祝いに秋のバラ二本があれば十分である、という句だが、つつましさが誇りの夫婦なのだろう。

鬼房は一九一九年に岩手県釜石に生まれた。製氷会社などに勤めながら俳句を作り、昭和後半期の代表的俳人として知られた。「羽化のわが秋暁なりや眼《まなこ》透く」「野葡萄に声あり暗きより帰る」も鬼房の作。

いま

菊日和家族で探すねじまわし

火箱ひろ

菊の花が盛りのころの上天気、それを季語では「菊日和」と呼ぶ。この言い方を応用した「柿日和」も秋の時期の大好きな季語だ。

ひろの句、こういうことってある、ある、という感じ。いろんなことが便利になって文化的な暮らしが日常化している。それなのに、ねじまわし一つに家族が大騒ぎする。その素朴さ、とてもいいいな。

むかし

第二芸術や吾が句集成る菊日和

橋本夢道

俳句作りは菊作りと同じであり、それは老人の消閑の具にふさわしい。だから芸術というより第二芸術と呼ぶべきだろう。以上は桑原武夫のいわゆる第二芸術論。

一九四六年に出た第二芸術論に俳人は猛反発したが、今の私は賛成派。俳句の基本は菊作りに熱中するような素朴な楽しみ、と思うから。夢道の句も私と同じだろう。

いま

小鳥来る方丈の間のすぐそこに

村上美妙

古希記念の句集『縁』から。作者は島根県雲南市の円覚寺（浄土宗）の奥さん。僧侶の資格を持つ。ところで、秋には縁先や庭へ小鳥がやって来るが、それが季語「小鳥来る」。わが家だと「小鳥来るベランダに置く木の椅子に」というところ。「方丈の間のすぐそこに」のほうが奥ゆかしいかも。みなさんも「小鳥来る」で一句をどうぞ。

むかし

小鳥来て午後の紅茶のほしきころ

富安風生

「小鳥来る」という季語と別のもう一つの情景を取り合わせると、俳句はたちどころにできる。「小鳥来て午後のひとりを縁先に」「小鳥来てあいつに電話したくなる」「小鳥来て午前のお茶のハーブティ」「小鳥来て午後のキリマンジャロ一杯」。どの句の発想もよく似ている。ちなみに、風生の句は「午後の紅茶」という商品以前の作。

いま

星降るや山のホテルを濡らしつつ

栗林浩

句集『うさぎの話』（角川文化振興財団）から。神奈川県大和市に住む作者は俳句にかかわる評論で知られる。この句、流れ星がホテルをぬらす、という見方がロマンチック。すごい数の星が流れたのだろう。そういえば流星雨という語がある。「流星群の特に著しいもの。一時間数十万個に達することもある」とは『広辞苑』にある説明だ。

むかし

文学の吾等に星は流れるか

ひでを

潁原《えばら》退蔵編『俳句季題辞典』（東門書房）から。この本、刊記を欠くが、昭和二十年代の末に出たらしい俳句歳時記の一つだ。姓を示さず、名だけを挙げるのがそのころまでの俳句の常識だった。この句の「ひでを」はどういう人か、私には分からないが、この俳句の「吾等」は、大学の文学部で学ぶ学生、あるいは同人誌仲間かも。

いま

牛の乳みな揺れてゐる芒かな

鈴木牛後

ススキの原に牛が群れていて、牛の豊かな乳房をなでるようにススキが揺れている。句集『にれかめる』（KADOKAWA）から引いたが、作者は角川俳句賞を受け、酪農家の俳人として話題になった。北海道下川町に住む。「牛生まる月光響くやうな夜に」「銀漢の氾濫原に牛と吾と」なども句集にある牛後さんの牛を詠んだ作。

むかし

面白さ急には見えぬすすきかな

上島鬼貫

鬼貫は俳論「独《ひとり》ごと」で、「その人の程々に見ゆる」、すなわち、度量に応じてススキの面白さが見える、と述べている。近代の俳句でススキの面白さを端的に表現したのは飯田蛇笏の次の句かも。「折りとりてはらりとおもき芒かな」（『飯田蛇笏全句集』角川ソフィア文庫）。軽い「はらり」とその反対の「おもき」を同時にとらえて絶妙だ。

いま

鰯炊きおり良き母の心地せり

津波古江津

梅干しと煮た鰯が好き。私にとってそれは母の味であるが、鰯の歴史は古く、平城京跡から出土した木簡（八世紀半ば）に記録がある。平安京の紫式部や和泉式部もことのほか鰯を愛した、という。

縁の絶ち難い間柄を「鰯煮た鍋」という。においが鍋にいつまでも残ることからできた表現。母と子なんて正に鰯煮た鍋であろうか。

むかし

海光の一村鰯干しにけり

日野草城

この句、私の育った四国の佐田岬半島の村を思い出させる。丸干しや煮干しの鰯が海岸いっぱいに干され、海が真っ青だった。

ちなみに、私の村では生きのいい鰯をホウタレと言った。頬が垂れるくらいにうまいという言い方からできた名前である。取れたての鰯の刺し身は確かに美味で、もう一度食べたいものの一つだ。

いま

朝《あさ》寒《さむ》に心さらして二十五才

朝倉晴美

季語「朝寒」は秋の朝に感じる寒さ。夜に感じると「夜寒」と言う。この句、朝寒に心をしゃきっとさせている若者の気分。

以下も一九六九年生まれの晴美の作。「ラ・フランス宮沢賢治愛読中」「ポプラにジャンプ生徒にビンタ夫に紅葉」。若い暮らしの俳句だ。

むかし

鯛の骨たたみにひらふ夜《よ》寒《さむ》かな

室生犀星

一九二四年の夏、犀星は芥川龍之介といっしょに軽井沢に滞在していた。ある夜、この句を作って龍之介に見せると、「なるほど、それはうまい！」と龍之介は言った。以上の話、その年の雑誌「改造」十月号に犀星が書いている。

「風呂桶《おけ》に犀星のゐる夜寒かな」は芥川龍之介の句。畳に鯛の骨、風呂桶に犀星の対比を楽しんだ。

いま

オムレツは天使の枕星月夜　今井聖

季語「星月夜」は月がなくて星の光が月夜のように明るい夜。子どものころ、その星月夜にはたとえば影踏みをして遊んだ。この句、大きなオムレツを前にした子どもの表情が目に浮かぶ。窓の外は星月夜だ。

聖は一九五〇年生まれ。現代の代表的俳人の一人である。「流星も入れてドロップ缶に蓋」も聖の句。

むかし

吾庭や椎の覆へる星月夜　河東碧梧桐

椎は常緑樹、だから明るい星月夜の庭に黒々として深い影を作っている。この句、椎の木の下の暗と星月夜の明がくっきりとして対照的。いわば陰影の濃い風景だ。

椎、樟《くす》、欅《けやき》……。このような高い木が庭にある家にあこがれてきた。木に登って星を見る、あるいは枝にぶらさがって風に吹かれる。そういうことがひそかな夢だ。

いま

水澄んで今日もたくさんのはじめて　金成愛

今日も初めての人に会ったり、いろんな初体験をしたりするはず。その「たくさんのはじめて」がとても楽しみだ、という句。こういう気分になるのは今朝の水がとてもきれいに澄んでいるから。

秋になって空気が澄み、池や川などの水が底が見えるほどに澄む、それが季語「水澄む」。この季語、俳句を作る人々に人気が高い。

むかし

水澄みて金閣の金さしにけり　阿波野青畝

秋には池や川、海などの水が澄む。

水が澄んだ金閣寺の池、その池に金閣の金色があざやかに映っている、というのがこの句。俳人好みの季語「水澄む」の最高にきれいな句だ。職場の大学が金閣寺に近かったので、私は時折、学生たちと金閣寺へ行った。そして池畔でこの句を紹介した。

いま

秋風や宵の明星一つ澄む

小川晴子

秋風がさびしく吹く。見上げると宵の明星（金星）が澄んでいる。この句、一番星見つけた！　と叫びたくなるような光景だ。次は島崎藤村の詩「秋風の歌」の冒頭。「しづかにきたる秋風の／西の海より吹き起り／舞ひたちさわぐ白雲の／飛びて行くへも見ゆるかな」。秋風に飛ぶ雲のあった空、そのあたりに宵には明星が光る。

むかし

秋風にある噴水のたふれぐせ

中村汀女

秋風に吹かれて噴水の穂が倒れる。見ていると、噴水には倒れ癖があるようだ。面白くなって、ついつい噴水を見続けたという句。

汀女は右の小川晴子の祖母、昭和の代表的女流俳人だった。「横浜に住みなれ夜ごと夜霧かな」「栗御飯すぐ食べよとの笑顔かな」「とんとんと二階へ蜜柑また運ぶ」。これらの句、昭和のいい感じ。

いま

君といる時間が好きだ鳥渡る

山岡和子

たとえば愛知県の伊良湖岬。秋にはこの岬をいろんな鳥が南へと渡って行く。サシバ、ハチクマ、ツミ、チゴハヤブサ、ヒヨドリ、ツバメ、カワラヒワ、ムクドリなど。タカの仲間のサシバは日によっては数千羽が空いっぱいになって対岸の三重県の志摩半島へ渡って行くらしい。和子さんは夫と犬とで暮らしている。君はそのどっち?

むかし

渡り鳥みるみるわれの小《ち》さくなり

上田五千石

渡り鳥の側から地上の自分をながめた句。この句は一九六八年刊の句集『田園』にある。当時、私は俳句に興味を持ちだしたばかりの学生だったが、「もがり笛風の又三郎やあーい」「酔ひはての銀河蒼ざめゆくばかり」「秋の雲立志伝みな家を捨つ」などをたちまち覚えた。あこがれの俳人だった五千石は、九七年に六十三歳で他界した。

いま

もらふならスダチでなくて松茸を

岡田史乃

えっ、これでも俳句?と思う人がありそう。この句を読んだ途端に読者は笑ったはず。その笑わせた点において、この句は立派に俳句である。要するに、臆面もなく、あるいはぬけぬけと要求しているのだが、その率直さが快い。句集『ピカソの壺』(文学の森)から引いた。作者は一九四〇年生まれ、俳句雑誌「篠《すず》」を主宰した。

むかし

松茸や知らぬ木の葉のへばりつく

松尾芭蕉

松茸を見つけ、採ろうとしているその寸前のようすか。芭蕉には自ら記した「月見の献立」がある。食材はサトイモ、ショウガ、フ、ゴボウ、トウフ、ミョウガ、コンニャク、クルミ、ニンジン、ヤマイモ、カキ。そして、シメジ、キクラゲ、ハツタケ、マツタケ。シメジ、マツタケは吸い物に、キクラゲは煮物、ハツタケは焼いた。

いま

秋晴だ絶好調だ老人だ

山本みち子

最後の「老人だ」が意表を突く。三つの「だ」の響きはまさに絶好調そのもの。で、老人の絶好調って、どういうこと？　軽快に散歩している、あるいは家の掃除をしているのか。私のイメージでは、道端の草むらに腰をおろし、遠くの雲をぼんやりと見ている。いつまでもいつまでも、通りがかりの人が不審に思うくらいに長く。

むかし

秋晴の口に咥えて釘甘し

右城暮石《うしろぼせき》

季語の「秋晴」は秋の上天気を指す。その秋晴れ、すぐに崩れるのが特色だ。この句、秋晴れの日に木工作業かなにかをしているのだが、釘を口に咥えるというポーズがなつかしい。少年時代、釘を打つときには私も釘を口に咥えた。それは一人前の大人になった気のするポーズだった。作者の暮石は大阪で活躍した昭和の俳人。

いま

白き雲より新米の一袋

友岡子郷

ある日の句会でのこと。この句を話題にしたBさんが、雲よりもこの新米のほうが白いということか、と尋ねた。Cさんが、新米が雲から届いたのだ、実際は雲のかなた（遠方）にいる誰かから送ってもらったのだろうが、と応じた。すると、Aさんが、雲からもらった感じの雲より白い新米ね、ああ、うまそう！と見事にまとめた。

むかし

新米もまだ草の実の匂ひかな

与謝蕪村

この句、草の実の匂いをどのように読んだらいいだろうか。新米の新鮮さ、あるいは野性を感じさせる豊かな味を表現したと読める。もう一つの読み方は、未熟で、青臭い草の実の匂いがする、という読み方。これは「まだ」という言葉を重視した読みだ。以上の二つの読み方をめぐり、侃々諤々、私たちの酒席は盛り上がった。

「いま」

地にナイフ突き立てて天高きかな

堀本裕樹

作者は一九七四年生まれ、俳句を核に幅広い著述活動を展開している。地に突き立てたナイフ、その上の高い秋空、この光景から、あなたは何を感じるだろう。高倉健がタンカを切っているような暴力団の抗争？　私は青年の孤独を感じる。ナイフを突き立てている青年は、秋の広い天地の中にぽつんと一人、しんとしてさびしい。

「むかし」

草山に馬放ちけり秋の空

夏目漱石

夏目漱石は、文豪としていよいよ名声を高めている。彼は、西洋にはない簡単な詩（俳句）を、日本家屋や日本服と同様に大事なものと考え、終生、句を詠んだ。この句、彼が俳人として知られていた熊本時代の作。「菫程な小さき人に生れたし」「秋の川真白な石を拾ひけり」と共に、私は熊本時代の秀句と見ている。

いま

無花果はジャムにあなたは元カレに　塩見恵介

この句は元カノの気持ちになって作ったものか。イチジクがジャムになったようにあなたは元カレになった、もう事態は変わったよ、というのだ。「元カレ」「元カノ」などはテレビドラマで使われて広まった言葉。バツイチ、バツニなどと同様に、うまく使えば深刻さをそいで事態を軽く明るくする。恵介さんは私の若い俳句仲間。

むかし

無花果の一つ大きが愚に甘き　野澤節子

「愚に甘き」はめろめろになりそうなくらいに甘い。確かにイチジクは「愚に甘き」果物だ。国内のイチジクの八割は桝井ドーフィンという品種。これは桝井光次郎さんが明治時代にアメリカから持ち帰ったものだが、関西以西には在来種と言われるホウライシ（蓬萊柿）がある。漢字が示すようにイチジクは柿の一種と見なされていた。

いま

陽をはじきつつ石橋に石たたき

友岡子郷

季語「石たたき」は小鳥のセキレイ。長い尾をしきりに上下させるので、石たたき、庭たたきなどと呼ばれる。この句、音が聞こえそう。陽をはじく音、石橋をたたく音が。秋のとても空気の澄んだ日の風景だ。句集『海の音』（朔出版）から引いたが、この人の代表句は「跳箱の突き手一瞬冬が来る」だろう。

むかし

世の中は鶺鴒《せきれい》の尾のひまもなし

野沢凡兆

気ぜわしく上下するセキレイの尾以上に世の中は忙しい、という句。社会の忙しさを表現したことわざのような句だが、名句はしばしばことわざ化する。「物いへば唇寒し秋の風」（芭蕉）、「学問は尻からぬける蛍かな」（蕪村）、「焚くほどは風がくれたる落ち葉かな」（一茶）、「朝顔に釣瓶とられてもらひ水」（千代女）などがその例だ。

いま

陰口のいきいき天の高かりし

奥名春江

句集『春暁』（文学の森）から。作者は俳句雑誌「春野」の主宰者。神奈川県湯河原町に住む。陰口、うわさ、悪口などは、ときにいきいきと弾む。楽しい酒席とか、気の置けない仲間との旅行の際などに。この句、よく晴れた秋空のもとでの陰口。公園のベンチだろうか。もはや陰口とはいえないくらいに声が高くなっているのだ。

むかし

天高し老耄の母走り出て

上田五千石

この句、高い秋空がもうろくした母を包みこんでいる。ねじめ正一さんに『認知の母にキッスされ』（中公文庫）という小説がある。母を介護した日々を描いた小説だが、母に「たんぽぽのぽぽのあたりが火事ですよ」を教えると、母は病室で「火事ですよ！」「火事ですよ！」とわめく。作者の稔典はうれしいが、でも、切なくなる。

いま

いのししがそろばん塾に体当り

ねじめ正一

まさに猪突猛進、猪がそろばん塾に体当たりした。猪とそろばん塾の意外な取り合わせに笑ってしまう。猪はとてもドジなのか。それとも、そろばん塾は体当たりされやすいのか。とまれ、世には不思議な事がしばしば起こる。作者は詩人、小説家、そして俳人。「天高く直立不動のワニがいる」も正一の作。このワニもおかしいなあ。

むかし

山畑の芋ほるあとに伏す猪《い》かな

宝井其角

山の畑の芋を掘り、そのあとに満腹の猪が寝ている光景。作者はその堂々としたしぐさに感嘆しているのかも。もちろん、猪は芋、稲、豆などを食べるので農家にとっては困りもの。でも、この句の猪は、無邪気な顔で寝ている。秋の季語の「猪」は、この其角の句のような猪を指す。つまり、悪いこともするが憎めないのだ。

いま

柿日和みんなで見ている風の道

藪ノ内君代

季語「柿日和」は柿の熟れたおだやかな日和。柿の多い村などに行くと空が柿色に染まっている。その柿日和の日、連れだっている仲間が風の通り道を見ているのだ。ススキを揺らし、そしてこずえの柿をかすかに揺らすのだろう。

この句、私の『柿日和』（岩波書店）から引いた。この本、柿尽くしのエッセー集だ。

むかし

柿ふたつしあわせの夜寒かな

水上勉

作家の水上勉が書き残した柿の食べ方がある。熟した柿を小鉢でつぶし、その柿とはったい粉を箸でまぜる。餅のように固くなると団子にして食べる。和風チョコレート、落雁、あるいは羊羹のような味らしい。「母があぐらをかいて、力いっぱいこねるのを、子供は、つばをごくりと飲み込みながら見ていた」と勉。うん、うまそう！

いま

柿が好き丸ごとが好き子規が好き

小川千子《せんこ》

「好き」を三回も繰り返し、柿好きぶりを強調した句。

「柿くへば鐘が鳴るなり法隆寺」は正岡子規の代表作である。彼は「我死にし後は」という前書きをつけて、「柿喰ひの俳句好みしと伝ふべし」とも詠んだ。あいつは柿好きで俳句が好きだったと後世に伝えてくれ、というのだが、千子の句は子規の願いに応えている。

むかし

かきくけこくはではいかでたちつてと

松永貞徳

五十音のか行とた行を巧みに利用した句である。柿を食べないでどうして帰ろうか、食べてからここを発つよ、という意味。

貞徳は江戸時代初期の大俳人。日常の言葉（俗語）で作る俳句を広めた。この句の場合、柿が俗語だ。ちなみに、俗語を忌避して雅語で詠む古典和歌には柿の歌がない。柿はもっぱら俳句が詠んだ。

いま

茸包む「秋田魁新報」紙

浅井民子

時々、地方紙に包まれた荷物が届く。農産物や海産物など。届いた土地の産物はとてもうれしいが、包んでいる地方紙についつい読みふけることもある。この句、その気分を具体的に表現している。作者は一九四五年生まれ、東京都国立市で俳句雑誌「帆《はん》」を主宰している。「丈高きグラス磨くも秋思かな」も句集『四重奏』（本阿弥書店）の秀句。

むかし

爛々《らんらん》と昼の星見え菌《きのこ》生え

高浜虚子

この句について飯田龍太が述べている。この句の菌は松茸などと限定しないほうが面白い。「深山の茸に、妖気を存分に発光させたい」（『カラー図説日本大歳時記』講談社）と。おおいに賛成だ。この句は一種原始的な風景で、巨大な茸が生えている気がする。その茸のかなたに爛々と昼の星！　この句、虚子の最高傑作だろう。虚子七十三歳の作。

いま

りんごむくうさぎの耳をたててむく　内山花葉

いいなあ、このリンゴむき。きっと子どもがわくわくしながら母の手元を見つめているだろう。句集『沸点』（ふらんす堂）から引いた。作者は茨城県つくば市に住む。江戸時代の歳時記ではリンゴは夏、中国から渡来したものを指した。明治になって西洋リンゴが導入され、秋の季語になった。リンゴむき、私も子ども時代から得意だ。

むかし

世界病むを語りつつ林檎裸となる　中村草田男

現代を批判しながらリンゴをむいているのだろう。リンゴはこんなにみずみずしいのに、この世界はなんとも醜い、などと言いながら。小さなリンゴと大きな世界（地球）が対照的に意識されている。日中戦争さなかの作だが、太平洋戦争の敗戦直後の草田男は次のリンゴの句を詠んだ。「空は太初の青さ妻より林檎うく」。なんとも見事。

いま

秋の夜の何とはなしの世界地図

宮崎すみ

「何とはなしの」がいいなあ。世界地図を広げて心を遠くへやっている。灯下が世界へ広がっているのだ。『宮崎すみ集』（俳人協会）によると、この句は八十七歳の作、「世界地図を思いっきり広げて見る。世界一周も夢ではない」と自注がある。「小鳥来る初の曽孫に会ひに来る」も一九二七年生まれ、福岡市に住むすみさんの作。

むかし

秋の夜や旅の男の針仕事

小林一茶

季語「秋の夜」は情趣に富む。虫の音、月光、そして静かさも快い。そんな秋の夜にせっせと繕いをする旅の男を登場させたのが一茶の句。俳句の指導などで旅暮らしをしていた一茶の自画像だろう。そういえば、少年時代の私も、ボタンをつけたり雑巾を縫ったりした。かつて針仕事は、誰もが身につけていた日常的能力だった。

いま

晩秋の午前一時にたこ焼きチン

朝倉晴美

季語「晩秋」は近年になって人気が高い。かつては「秋の暮」と言ったのだが、それでは古めかしく、音読みしたバンシュウの響きに現代性がある、ということかも。「帰るのはそこ晩秋の大きな木」は私の作。

晴美は一九六九年生まれ。句集『宇宙の旅』（創風社出版）には「秋夜中カレー混ぜるとき裸」も。

むかし

晩秋のはるかな音へ象の耳

有馬朗人

象が耳を立て晩秋のかなたの遠い音を聞いている、という句。昔々の音、あるいはアフリカとかインドの音を聞いている？　作者は東大学長、文部大臣をつとめた物理学者。その一方で俳句雑誌「天為」を主宰する現代の代表的俳人でもある。「やがて来る者に晩秋の椅子一つ」「晩秋の魚を描いて道しるべ」も朗人の晩秋の句。

冬・新年

いま

かくれんぼ三つかぞえて冬となる　寺山修司

俳句の季語は二十四節気の立春、立夏、立秋、立冬をそれぞれの季節の始まりにしている。これは季節を少し先取りする感じだが、その先取りは季節を歓待する気分である。食べ物でも着る物でもちょっと先取りするとめでたい。そういう感覚が日本語にはある。この句、三つ数えると冬になるという発想が演劇的かも。作者は高校時代から熱心に句を作った。

むかし

初冬や訪《と》はんと思ふ人来ます　与謝蕪村

季語「初冬」は冬の初め。立冬から十二月初めの大雪くらいまでを言う。寒い日もあるが、小春日和と呼ぶあたたかな日も続く。

訪ねようと思っていた人が、なんとひょっこりおいでになった、というのが蕪村の句。冬になって、心が少しばかり寒くなっていたところであっただけにうれしい。主客のにこにこ顔が見えるようだ。

いま

小春日や隣家の犬の名はピカソ

皆吉司

「小春」は陰暦十月の異称。その小春には穏やかな春を思わせる日がある。「小春日和」だ。この小春日和、アメリカではインディアンサマー、ドイツでは老婦人の夏と呼ぶらしい。司の句、小春日和だからピカソという名前も許せる、という気分だろうか。実際はピカソどころか、ビガゾという感じの犬？

むかし

冴え返る日までよく似て小春かな

大島蓼太

陰暦十月を指す「小春」には、春に似たおだやかな日が続く。この句、小春に急に寒い日が来た気候を、春の季語「冴え返る」でとらえて面白がっている。

よく似るといえば、犬は飼い主によく似る。いや、飼い主が犬に似ているのか。たとえば脚の短いずんぐりした犬の飼い主は、体形がたいていその犬の通りである。

いま

湯豆腐や無駄話から離陸せず

児玉硝子《がらす》

冬のあたたかい食べ物のなかで、私は湯豆腐がことに好き。昆布だしで三つ葉か春菊を浮かべた簡素な湯豆腐、それがことに好き。

この句、話が弾んで湯豆腐がもうぐちゃぐちゃになっている感じだが、仲間といっしょのときにはこういう湯豆腐もよい。「湯豆腐やいのちのはてのうすあかり」（久保田万太郎）は湯豆腐の名句。

むかし

あつあつの豆腐来にけりしぐれけり

小西来山

豆腐がいかにもうまそう。二つの「けり」が快く響いており、その響きは話や酒が盛り上がる感じ。ああ、喉が鳴る！

来山は芭蕉とほぼ同じ時代に大阪で活躍した。この句、私は湯豆腐の句として読んだが、作者としては時雨を詠んだのであろう。「降るたびに月を研ぎ出すしぐれかな」も来山の時雨の名句。

いま

石畳鳴らす落葉も横浜よ

斉藤すみれ

横浜の落ち葉って、異国的？　その音を聞いてみたい。港は外の世界へ開いていた。異国をかかえこんだ場所が港町だった。長崎、横浜、神戸、函館などにその港町の情緒が濃厚だが、今やそこはやや古典的になりかけているかも。空港という現代の新しい港ができているから。この句、句集『青い絵タイル（アズレージョ）』（現代俳句協会）から。

むかし

落葉無心に降るやチエホフ読む窓に

藤沢周平

「古今の秀句というものは、やはりいつともなく頭のなかに残っている。また何かの折にふっと口に出て来るような句であるらしい」。これはエッセー「心に残る秀句」にある周平の言葉。小説家以前の彼は療養をしながら「海坂《うなさか》」という俳句雑誌に投句していた。その雑誌の名は「海坂藩」として彼の小説の主要な場所になる。

いま

野沢菜漬く初雪ほどに塩振つて

上野一孝

「初雪ほどに」が野沢菜漬けを実にうまそうに感じさせる。私としては、浅く漬かった野沢菜を細切りにし、ちりめんじゃこ、ごま、かつお節をまぜ、あつあつの今年米にのせて食べたい。ああ、のどが鳴る！　作者は一九五八年生まれの俳人。句集『迅速』（ふらんす堂）から引いたが、「胸像の漱石若し鵯《ひよ》のこゑ」もその句集にある秀句。

むかし

洗はれて白菜の尻陽に揃ふ

楠本憲吉

この洗った白菜、漬物になるのか。「陽に揃ふ」風景が白菜を実にうまそうに感じさせる。白菜は漬物、鍋料理などで欠かせない野菜だが、普及したのは明治時代の終わりごろ。つまり、近代のまだ新しい野菜である。作者は大阪の老舗の料亭に生まれ、食べ物にかかわる随筆などに健筆をふるった。この句は一九五五年の作。

いま

雪日和たたみ鰯の目の碧き　長谷川櫂

この句の季語は「雪日和」、雪の降りそうな天気である。雪になるかな、と思いながら一杯やっているのだが、ふとたたみ鰯の鰯の目がどれも碧いことに気づいた。その目の色、降ってくる雪の白さのなかでいっそう碧くなるだろう。

たたみ鰯はカタクチイワシの稚魚を生のまま網状に干したもの。火にあぶって酒のさかなにする。

むかし

凩《こがらし》や目刺に残る海の色　芥川龍之介

「雪日和たたみ鰯の目の碧き」は、雪日和という季語がたたみ鰯の目の碧さを強調していた。この句でも季語「凩」が目刺しに残っている碧い色を強調している。その碧、荒海の色か。

この本、同じ季語の今と昔の句を比べることなどがねらいだが、今回は季語が強調している同じものに注目した。鰯の碧さである。

いま

ひたひたと生きてとぷりと海鼠《なまこ》かな

本村弘一

この句、たとえば魚屋の店先で、いけすの海鼠を見た実感だろう。「ひたひた」「とぷり」というオノマトペから海鼠の心情が伝わってくる。なんとなく哀切な心情が。もちろん、それは海鼠に同化した作者の心情でもあるが。

「父と子と西宇和郡のなまこ噛む」は私の句。西宇和郡は愛媛県の宇和海に面した私の故郷。

むかし

憂きことを海月に語る海鼠かな

黒柳召波

海鼠が海月を相手につらい胸の内をうちあけている。マンガ的でなんだかおかしい光景だが、海鼠だって聞いてほしい話があるに違いない。どんな話をするのだろう。

召波は与謝蕪村の仲間だった。蕪村には「思ふ事いわぬさまなる海鼠かな」がある。もしかしたら、蕪村のこの句を踏まえ、召波の海鼠の句ができたのかもしれない。

いま

門口で綿虫に遇ふうれしけれ

星野恒彦

季語「綿虫」(大綿とも言う)はアブラムシ科の昆虫、体長は約二ミリ。穏やかな日に青白く光って浮遊する。初雪のころに目立つので、北国では雪虫、雪蛍と呼ぶ。ハエやカなどの虫を愛するのは俳句の伝統だが、最近、特に人気なのがこの綿虫。はかなげできれいな感じが受けている。「大綿の浮かれ出る日や吾《われ》も出て」も恒彦。

むかし

澄みとほる天に大綿うまれをり

加藤楸邨

「大綿」(綿虫)はおだやかな日、青白く光ってゆっくりと浮遊する。このアブラムシ科の小さな虫が俳人たちに人気だと右で書いた。はかなげで美しいもの、それを大事にしたいという気持ちが綿虫人気になっているのではないか。

この句は太平洋戦争末期の一九四四年の作。「大綿やしづかにをはる今日の天」も楸邨の作。

「いま」

朝焼の美しかりし干大根

石田郷子《きょうこ》

美しいのは朝焼け、そして干大根だ。「美しかりし」と過去形になっているから、干大根には何度も朝焼けがあり、美しかった朝焼けが大根に染み通っている感じなのだろう。うまいたくあんができそうだ。すぐれた俳句はしばしば五七五の言葉の絵である。この句など、まさに干大根のかなたの空が朝焼けになった言葉の絵だ。

「むかし」

子を負ふて大根干し居る女かな

正岡子規

私は一九四四年の生まれだが、少年時代、赤ちゃんはたいてい負われていた。小学生の女の子たちは妹や近所の赤ちゃんを背負っていた。子守という言葉がまだ生きていたのだ。子守は今では保育とか子育てに変わった？　自慢じゃないが、私も十歳くらいのころに妹を負った。妹、今では福島県のおばあさんになっている。

いま

寝かされていて白葱は裸である

木村和也

野菜売り場の白葱にどきっとしているのだろう。あるいは台所の料理前の光景か。「白葱を買う真っ白に身構える」（中林明美）という女性俳人の作もあるから、男ならずとも白葱はエロチック？

和也は一九四七年生まれ。「とある夜の葱はひそかに傷つきぬ」も彼の作。作者にとって葱は愛する人の象徴なのかもしれない。

むかし

葱買うて枯木の中を帰りけり

与謝蕪村

青い葱と枯れ木の対照が鮮やか。画家でもあった蕪村の色彩感覚、そして構図を作る才能が発揮されている、と見てよいだろう。

蕪村のこの句の葱は青々とした九条葱かも。京野菜の九条葱は博多万能葱などとともに葉葱の代表だ。関西好みの葉葱に対して、関東では白い根の根深葱が人気。下仁田葱、千住葱などが有名だ。

いま

歯を抜いて恐いものなし冬景色

冨士眞奈美

季語「冬景色」は多くの物が枯れて枯れ色になった風景を言う。荒涼、あるいは寒々とした風景だが、歯を抜いて歯痛から解放された今、冬景色までが楽しいよ、というのがこの句。この痛みからの解放感、よく分かるなあ。

作者は女優にして俳人。「下の歯の奥歯が大事海鼠噛む」も彼女の作。海鼠、こりこりしてうまそう。

むかし

帆かけ舟あれや堅田の冬景色

宝井其角

ある時、其角は琵琶湖畔の堅田を訪れ、沖の帆かけ舟を見た。そして、近江八景の堅田の落雁（秋）もよいが、帆かけ舟のあるあの冬景色もなかなかのものだよ、と思った。堅田の新しい美の発見だ。

この句、「あれや」をあるといいなと解し、堅田の何もないこの冬景色の中へ帆かけ舟を置くと似合うなあ、と読んでもよい。

いま

横綱も付人《つけびと》も息白きかな

渡辺松男

「息白し」が冬の季語。横綱も付け人も、父も子も、そして母も犬もみなが同じように白い息を吐く。白い息を皆が吐きながら年が行く。いいなあ、その光景！

この句は句集『隕石』（邑書林）から。作者は迢空賞などを受賞している現代の代表的歌人。「息白し目立たぬ母でありながら」「吐く息の白さがこのごろの誇り」も松男。

むかし

心見せまじくもの云へば息白し

橋本多佳子

心を見せないようにしたいと思いながらものを言うと、おのずと息が白く、それが心のうちを表しているようで困った、という句。いや、困っているのではなく、白い息の自然さを認めているのだろう。句集『紅絲《こうし》』（一九五一年）ではこの句の前に「泣きしあとわが白息《しらいき》の豊かなる」がある。多佳子にとって白い息は〈内なる私〉であった。

いま

十二月きつねうどんの骨っぷし

中原幸子

このところ、「日のたつのが早いねえ」「すぐに新年だよ」とぼやきとも嘆きともつかない会話を繰り返している。この句、「きつねうどんの骨っぷし」がおかしい。うどんの腰の強さを言っているのだろうが、きつねうどんが、オレにも意志や意地がある、と主張している感じ。今度の昼食ではふうふう吹きながらきつねうどんを食べよう。

むかし

人の世はかそけし暗し十二月

石原八束

暗いニュースばかりを見聞きすると、この句のような気分になるだろう。実は一九一九年生まれの俳人、八束は、暗い俳句の名手だった。「血を喀《は》いて眼玉の乾く油照《あぶらでり》」「くらがりに歳月を負ふ冬帽子」「妻あるも地獄妻亡し年の暮」。以上、見事に暗い名句である。では、口直しに私の句をどうぞ。「十二月どうするどうする甘納豆」。

いま

立つたまま添ひ寝をさせて大冬木

恩田侑布子《ゆうこ》

させているのか、させてほしいのか。「させて」の読み方が分かれそうだが、私は前者で読みたい。大きな冬の木にもたれて誰かが目をつむっているのだ。その状態、木が添い寝をさせているように見える。句集『夢洗ひ』（角川文化振興財団）から引いたが、この句集には「一人とは冬晴に抱き取られたる」もある。この冬晴れに抱かれる光景も大好き。

むかし

つなぎやれば馬も冬木のしづけさに

大野林火

季語「冬木」は葉を落とした冬の木。寒々とした感じの常緑樹にも言うが、この句の木はどっちでもよさそう。要するに道端に立っている冬の大きな木だ。その木に馬をつないだら、馬が冬木のしずかな風格を帯びたのである。新美南吉の童話に「牛をつないだ椿の木」があるが、道端の木々にはかつて馬や牛がつながれたのだ。

いま

焼芋のような人だが好きなんだ

山岡和子

「焼芋のような人」はほくほくしていてあたたか。スマートさやトレンディーからはほど遠いが、素朴で味のある人。この句の作者はそのように考えているのだろう。このところ、私のおやつは焼き芋である。アルミホイルに包んだ鳴門金時を無水鍋に入れ、弱火であたためる。小一時間すると家中にほんわかと甘い匂いが漂う。

むかし

喰ひ尽して更に焼いもの皮をかぢる

正岡子規

子規は、たとえば柿だと蔕《へた》までもかじった。梅干しの種だってなんどもなんどもすわぶった。そういえば、ロンドンに留学していた夏目漱石への手紙で、僕はもうだめになった、生きているのがつらいのだ、とこぼしながら、ロンドンの焼き芋の味を聞きたい、とも記している。さて、ロンドンにも焼き芋があった？

いま

焼栗熱しロンドン訛早口に

坂本宮尾

『坂本宮尾集』（俳人協会）から。作者は言う。「冬のロンドンの街角には焼き栗の屋台が出て、熱い栗を紙袋に入れてくれる。売り手の早口の下町訛は、お手上げ。さっぱり聞き取れなかった」。でも、俳句から感じられるのは、聞き取れなかったということではなく、早口のロンドンなまりを聞く楽しさだ。栗の熱さが楽しさを強調する。

むかし

栗を焼く伊太利《イタリー》人や道の傍

夏目漱石

ロンドンに留学していた一九〇一年の作。帰国後、彼はロンドンを回想し、「倫敦《ロンドン》に住み暮らしたる二年は尤《もっと》も不愉快の二年なり」「一匹のむく犬の如く、あはれなる生活を営みたり」（『文学論』）と苦々しく述べた。そんな不愉快なロンドンの漱石は、道端の焼き栗から日本の焼き芋を連想、思わず焼き栗を買ったのかもしれない。

いま

テーブルの蜜柑かがやきはじめたり　鳴戸奈菜

「蜜柑」は冬の季語。暖房を使う時期になるとがぜん美味になる。ミカンの季節が来た、という感じがするが、そのことが「かがやきはじめたり」か。私の義弟は愛媛のミカン農家だが、冬の畑で熟れたミカンがほんとうのミカン、早くに出回っていた秋のミカンなどは生産者は食べないよ、とぬけぬけと言う。そうかも。

むかし

累々と徳孤ならずの蜜柑かな　夏目漱石

累々は重なり合うようす。「徳孤ならず」は『論語』（里仁篇）にある「子曰く、徳は孤ならず、必ず隣あり（徳を身につけた者は孤立しない、必ず仲間がいる）」。つまり、たくさんなっているミカンを論語の一節を借りて表現したのがこの句。この句を覚えたせいだろうか、ミカンを食べる時、私はついつい四個も五個も食べてしまう。

いま

人参を並べておけば分かるなり

鴇田《ときた》智哉

変な俳句！　いったい何が分かるというのだろう。人の運命、あるいは今日の吉凶？　ともあれ、並んだニンジンの赤が鮮烈だ。作者は一九六九年生まれ、現代の若い俳人の代表的存在。「あかるみに鳥の貌《かお》ある咳のあと」「うすぐらいバスは鯨を食べにゆく」なども俳句選集『天の川銀河発電所』（左右社）にある智哉さんの不思議な作。

むかし

人参は丈をあきらめ色に出づ

藤田湘子

笑ってしまった。笑った後で、そうか、ニンジンは長く伸びることをあきらめ、それで赤くなることにもっぱら努めているのか、と納得（？）した。妙な俳句だが、ニンジンになりきって、いわばニンジン気分になったのだろう、作者は。それはまさに俳句的風狂かもしれない。作者は一九二六年生まれ、『藤田湘子全句集』がある。

いま

つまりまあ木の役なんだ聖夜劇

山本純子

聖夜劇に出演する子に役柄を聞いているのか。あるいは、出演交渉を受けているのかも。どちらにしても、「木の役」というのがいいなあ。なぜかその役こそが聖夜劇にふさわしいという気がする。作者は一九五七年生まれ。H氏賞受賞の詩人だが、近年は俳句の活動も多い。近著に俳句とエッセー集『山ガール』(創風社出版)がある。

むかし

子供がちにクリスマスの人集ひけり

正岡子規

一八九七年の句。「子供がちに」は子供を中心にして。子規には「八人の子供むつましクリスマス」「贈り物の数を尽してクリスマス」もある。「数を尽して」は、たくさん用意して、という意味。子規は新聞のニュースなどによってクリスマスの句を作ったのかも。ともあれ、クリスマスをいち早く詠んだ俳人の一人が子規だった。

いま

はや暮れし日を口実のおでん酒

三村純也

おでんをさかなに飲むのが季語「おでん酒」。この句、「光陰矢のごとしだよ。楽しいことを今しておかなくては」とおでん酒を始めた、というのであろう。いかにも俳人的風景という感じ。句会が終わると居酒屋などに移って句の出来などを話題に飲む、それが多くの俳人の楽しみなのだ。純也さんの句は句集『一《はじめ》』（角川書店）にある。

むかし

カフカ去れ一茶は来れおでん酒

加藤楸邨

おでん酒の仲間としては一茶がふさわしい、という句。一九六五年の作だが、私としてはむしろカフカ（小説『変身』などの作者）のほうを歓迎だ。洋と和の取り合わせがおでん酒を楽しくしそうだから。ちなみに、俳人に人気の「おでん酒」は、たとえば『広辞苑　第七版』にない。この語、いまはまだ俳人だけに愛されているらしい。

いま

かもめ百放り投げたり冬青空

永瀬十悟《とおご》

冬の青空は青くて深い。その青空の強調として「かもめ百放り投げたり」はとてもうまいのではないか。たくさんのカモメの白さが青を引き立てるから。句集『三日月湖』（コールサック社）から引いた。作者は一九五三年生まれ、福島県須賀川市に住む。「妻の好きな少しやくざな焼芋屋」「綿虫は吐息のやうに降りて来る」も十悟さん。

むかし

冬空をいま青く塗る画家羨《とも》し

中村草田男

「羨し」は『万葉集』などに出る古い言葉。羨ましい、羨望するという意味だろう。実際に画家が青空を描いているのか。あるいは、冬の青空が広がっていて、その空は今、画家が塗っている最中なのだ、と読んでもよい。私は後者の読みをしたい。句集『長子』（一九三六年）から引いたが、「冬空は澄みて大地は潤へり」もその句集にある作。

いま

かつてララ科学の子たり青写真

小川軽舟

季語は「青写真」。日光写真とも言い、マンガや時代劇の人物を印刷した薄い紙（ネガ）を印画紙に重ねて日光で焼き付けた。昭和の科学好きな子の冬の遊びだった。「代数も幾何もたのしき火鉢かな」「日記果つ父老い長嶋茂雄老い」。これらも一九六一年生まれの軽舟の昭和的な作。句集『呼鈴』（角川書店）から引いた。

むかし

青写真は映りをり水はこぼれをり

高浜虚子

青写真はネガを日に当て印画紙に焼き付ける冬の子どもの遊び。「あまり長く日に当てていると真っ黒に焼け過ぎる。この頃合いが仲々難しいので苦心が要り、子供にとっては写真を写したような気分で楽しい。冬日の遊びの最たるものである」（『日本大歳時記　冬』）。虚子の句、こぼれる水を忘れて青写真に熱中している。

いま

冬の夜や岩塩を振る肉料理

ローバック恵子

うまそうな肉料理だ。和牛のステーキだろうか。句集『さくらの夜』（角川文化振興財団）から引いたが、この句集には「湯豆腐の向かう国籍違ふ夫《つま》」「国違へ親族となる冬銀河」などの句があり、国境を越えて広がる作者の暮らしぶりがうかがえる。句集には自作の書がいくつも写真版で収められていて、その和風が俳句を引き立てている。

むかし

戯曲よむ冬夜の食器浸けしまま

杉田久女

季語「冬の夜」は、ついしばらく前まで、寒くてわびしいイメージだった。この句、「食器浸けしまま」がいかにもわびしい。でも、今では、自動洗浄機が食器を洗ってくれるし、読書も暖房の利いた場所でするのが普通だろう。久女は今の北九州市を拠点に活躍、近代の女性俳人の先駆け的存在だ。

いま

一枚の障子明りに伎芸天　稲畑汀子

「右手を胸のあたりにもちあげて軽く印を結ばれながら、すこし伏せ目にこちらを見下ろされ、いまにも何かおつしやられさうな様子」で立っておられる。これは奈良・秋篠寺の伎芸天のようすを述べた小説家・堀辰雄の随筆の一節（「大和路」）。この句、その伎芸天（東洋のミューズと呼ばれる）が障子明かりの中におられる。

むかし

柔かき障子明りに観世音　富安風生

右の句と同類・同想だが、このような似た句が次々に生まれるのが俳句の特色。子規の「柿くへば鐘が鳴るなり法隆寺」はその二カ月前の漱石の句「鐘つけば銀杏ちるなり建長寺」とやはり同類・同想だ。この場合は圧倒的に子規の句がよいが、さて、伎芸天と観世音の対決はどうだろうか。

いま

ねこがいるこたつの中にぼくもいる

川上愛貴

いいなあ、この光景！　猫たちの仲間にしてもらった気分だろう。佛教大学の『小学生俳句大賞入賞作品集』から引いたが、作者は作句当時、愛媛県四国中央市の小学三年生だった。ところで、わが家にはもうこたつがない。こたつがあると、こたつで一切を済ませようとする。老人は動く方がよいので、さっぱりとこたつをやめた。

むかし

句を玉と暖めてをる炬燵かな

高浜虚子

こたつで俳句を推敲している光景。だんだん句がよくなって玉（宝石）のようになるのだ。でも、実際はそうではないかも。ぽかぽかしてきて、推敲しながらうつらうつら、ついにはもうろうとする。そんな状態で作った句は、こたつを出てから見ると、平凡、駄作であることが多い。ともあれ、こたつでの句作りは一種の至福。

いま

寒暁や神の一撃もて明くる

和田悟朗

「寒暁」は寒中の夜明け。神の一撃のように不意に明ける、というのだが、その感じ、よく分かる。

私は午前四時ごろに起きる。起きるとストーブをつけ、煎茶を一杯いれる。それからパソコンに向かい、この原稿などを書いていると、窓がうっすらと明るむ。見ていると、雲を割って突然に日が出る。まさに神の一撃。

むかし

寒の暁ツイーンツイーンと子の寝息

中村草田男

清少納言は『枕草子』で、冬は早朝がとてもよい、と言い、「いと寒きに、火など急ぎおこして、炭持てわたるも、いとつきづきし」と書いた。「つきづきし」は似つかわしい。炭火の匂いのする一節だ。

草田男は子どもの寝息の音を「ツイーンツイーン」と聞いた。その音、寒の夜明けに似つかわしいと草田男は思ったのだろう。

いま

寒ければ着重ね恋しければ逢う　池田澄子

「重ね着、厚着」は冬の季語。重ね着を目立つほどにしたら季語「着ぶくれ」になる。この句、対句的な表現が句の主人公の勢いを示している。寒さや着ぶくれをものともしない勢いだ。ダイナミックに生きているのだろう。ちなみに、現代の俳句の世界は女性たちが席巻しているが、その中の代表的存在が澄子である。

むかし

月の浦厚着童女のうなづくのみ　佐藤鬼房

「月の浦」は月光の明るい入り江。そこに厚着の少女がいて、その少女、何かを尋ねるとただうなずくだけ、という光景だ。重ね着をして着ぶくれた少女は頬が赤く、まるでこけしみたい。月は寒月か。

「馬の目に雪ふり湾をひたぬらす」も鬼房の作。一九一九年生まれの作者は宮城県塩釜に住み、〈東北に根づいた俳人〉として活躍した。

いま

名山に正面ありぬ干蒲団

小川軽舟

名山には正面がある。その正面に位置する家が布団を干している、という光景。名山という遠景の雅に、干し布団という近景の俗を対置した句だ。雅と俗を対置するのは俳句の伝統だが、そういう意味では、この句は最も伝統的。干し布団の中には子どもが寝小便した布団もありそう。軽舟は俳句雑誌「鷹」の主宰。

むかし

翔べよ翔べ老人ホームの干布団

飯島晴子

うん、この句の干し布団への呼びかけに賛成だ。魔法のじゅうたんのように布団がとんだら、きっと楽しいだろうなあ。もちろん、乗っているのは老人ホームの居住者たちだ。空とぶ布団の上でみんなでカラオケをしたりして。

晴子は一九二一年生まれ。「寒晴やあはれ舞妓《まいこ》の背の高き」が代表作。「あはれ」はああという詠嘆だ。

いま

感冒や気持ちの傍にジャムを置き

佐藤文香

季語「感冒」は風邪、あるいはインフルエンザである。この句、風邪にかかってジャムがほしくなっている。ジャムがあると安心するのだ。私の場合はリンゴである。それもガーゼでこしたジュース。リンゴジュースを飲むと風邪はすぐ治る気がする。文香は一九八五年生まれの俳人。句集『君に目があり見開かれ』（港の人）から引いた。

むかし

年寄は風邪引き易し引けば死す

草間時彦

思わず笑ってしまったが、でも、この句は一理を言い当てている。風邪は万病のもと、というが、老人にとっては「引けば死す」こわい病気。くれぐれも注意して風邪を予防したい。この句は作者が八十代に出した句集『瀧の音』（永田書房）にある。こういうことでも俳句になるのか、という意外な感じ。それがこの句の見どころである。

いま

朝凍《い》つるあの日に戻る心あり

水田むつみ

季語「凍つ（凍てる）」は「凍る」と同じ。この句の「朝凍つる」は、朝、水や野菜などが凍っていること、その凍てから「あの日」に戻った感じになったのだ。あの日とは、かつての厳寒の朝だろう。私だと、太平洋戦争の敗戦直後の寒く貧しい朝を連想する。作者は一九四二年生まれの俳人。兵庫県宝塚市で俳句雑誌「田鶴」を主宰する。

むかし

捨舟のうちそとこほる入江かな

野沢凡兆

捨てた小舟にたまった水、そしてその舟の浮く湖も凍っている。琵琶湖北部の入り江の風景か。寒気の満ちた一幅の絵のような句だ。凡兆は妻の羽紅とともに芭蕉の門下として活躍した。描写力や対象の取り合わせに優れ、「下京や雪つむ上の夜の雨」「ながながと川一筋や雪の原」「灰汁桶の雫《しずく》やみけりきりぎりす」などが代表作。

いま

接吻は突然がよし枇杷の花

川上弘美

枇杷は葉陰にほことした感じの白い花をつける。地味で目立たないが、近づくと芳香を放っている。この句、突然の接吻は枇杷の花の芳香みたいだった?「冬林檎大きく齧《かじ》る会ひたしよ」「接吻や冬満月の大きこと」も弘美の句集『機嫌のいい犬』(集英社)にある。作者は『蛇を踏む』『センセイの鞄』などで知られる小説家。

むかし

枇杷の花健羨に堪へぬ恋観たし

中村草田男

「健羨に堪へぬ恋」は羨ましくてたまらない恋。その恋は「枇杷の花」に似ているというのが草田男の句。一九五九年の作である。

枇杷の花は葉陰にあって遠くからは見えない。近づくと芳香を放っている。その枇杷の花の感じの恋、それを「観たし」と言っているのだから、草田男は映画やドラマで観たいというのだろうか。

いま

日記買ふ遠くの空の明るくて

河内静魚

「日記買ふ」が季語。来年用の日記帳を買うことを言う。俳句にかかわる日記には、古くは松尾芭蕉の『嵯峨日記』、小林一茶の『七番日記』などがあり、近代になると、正岡子規の『病牀六尺』『仰臥漫録』などが有名。高浜虚子には日々の俳句を記した『句日記』がある。東京都文京区に住む静魚さんの句は句集『夏夕日』（文学の森）から。

むかし

日記買ふことが愉しく買ひにけり

吉屋信子

『吉屋信子句集』（一九七四年）から。この句、日記を書くことよりも、日記帳を買う行為を楽しんでいる気配。つまり、季語の「日記買う（ふ）」を面白がっている。この気分、私にも少し分かる。私には日記を書く習慣がないが、年末の時期に書店に寄ると、ついつい日記帳や手帳のコーナーへ寄る。触るだけ、結局は買わないのだが。

いま

母が吾をまたいでゆきぬ年の暮

夏井いつき

日頃はおしとやかな母が、なんとまあ自分をまたいだよ、という句。マナーとか行儀にかまっておられないくらいに忙しい、それが季語「年の暮」だった。一年間の片づけ、正月の用意などで多忙だったのだが、今ではこの句の光景は過去のものになった。一九五七年生まれの作者は、歯切れのよい俳句先生としてテレビで活躍中だ。

むかし

耳も目もたしかに年の暮るるなり

阿部みどり女

耳も目もまだたしか、つまり身体もつつがなく年を越しそうだ、という句。一九四四年生まれの私などは、耳も目もたしかではない。まず耳はかなり難聴が進んでいるようす。女子大学生の高い声が聞きづらい。目はもうかなり前から老眼だ。がんのために胃も四分の一しかない。頭はまっ白のもじゃもじゃ。以上、年の暮れの自画像である。

いま

おい前田風花《かざはな》の中走ろうか

波戸辺のばら

前田は生徒、いや友人？　もしかしたら恋人かも。季語「風花」は晴天に舞う雪片、遠くの山などに降った雪が風に乗ってやってくる。風花の舞う日、私も「おい～風花の中歩こうよ」と言いたい。「～」のところは秘密。ちなみに、群馬県では風花を吹越《ふっこし》と呼ぶらしい。「吹越に大きな耳の兎かな」は加藤楸邨の代表作として知られる。

むかし

風花やあるとき青きすみだ川

久米正雄

風花が舞っている。この一瞬、とても青い隅田川よ。以上のような句だろう。風花が舞う日は青天、だから青空が川面に映って青いのである。東京の隅田川のきれいな一瞬を見事にとらえた句だが、作者は中学時代から俳句に親しみ、後には夏目漱石の門下になって小説を書いた。この句は句集『返り花』（一九四三年）にある。

いま

ブラックコーヒー裸にさっとセーター着て　神野紗希

セーターが季語だが、ブラックコーヒーもホット飲料とみたら冬の季語、裸は夏の季語。とすると、季語だけでできた大胆な句と言える。もちろん、裸にセーターを着てコーヒーを飲むのもとても大胆。作者は一九八三年生まれ、若い俳人の代表的存在だが、この句の大胆さ、とても快い。「明け方の雪を裸足で見ていたる」も紗希さん。

むかし

老いぬれば夫婦別なきスエタかな　松尾いはほ

作者は一九六三年に八十一歳で他界した京都の俳人。かつてセーターをスエタ、スエターと書いた。ちなみに、私としてはこの句の考えに反対。夫婦は別のセーターを着て互いに自己主張する存在でありたい。近年の私は赤系統のセーターを専ら着ている。白髪に似合うと思っているのだが、カミさんは同じものを着すぎると批判する。

いま

戦争も恋も無法や氷柱《つらら》折る

羽田大佑

失恋のやつあたりをしている感じ。折っているうちに、無法なものの代表として戦争と恋が頭に浮かんだのか。もちろん、恋は何度してもよいが、戦争はダメ。それは承知のうえで、恋と戦争を強引に並べたくなる気持ちは分かる。ともあれ、羽田君、おおいにやつあたりなさい。彼は一九八八年生まれ、若手俳人のホープの一人だ。

むかし

夕焼けてなほそだつなる氷柱かな

中村汀女

「なほそだつなる」はなおも育っている。夕焼けの中で育つ氷柱が美しい。軒とか窓に垂れる氷柱だろうか。夕焼けの色に染まっているのだろう。こんなきれいな氷柱、一度は見てみたいが、さて、どのあたりへ行けば見えるのだろう。私の住んでいる大阪府箕面市かいわいだと、夕焼けのころになると氷柱はたいてい溶けてしまう。

いま

水鳥がどこにもいないので帰る

若林武史

末尾の「帰る」がおもしろい。えっ、当たり前すぎておもしろくない、って。うーん、その当たり前すぎて、気の抜ける感じがおもしろいと思うのだが。風船の空気がすっと抜ける感じね。以上、この句をめぐっての友人との対話。さて、これを読んでいるあなたはどうだろう。作者は一九六四年生まれの俳人、京都市に住んでいる。

むかし

海暮れて鴨の声ほのかに白し

松尾芭蕉

「水鳥」「鴨」「鶴」「白鳥」などは冬の季語。この芭蕉の句は、声を白いと表現している。つまり、聴覚を視覚に転じて表現したわけで、その意外な表現がすてき。この句は破調だが、語順を変え「海暮れてほのかに白し鴨の声」とすると破調でなくなる。破調がよいか、定型がよいか、さて、どっちだろう。えっ、どっちでもよい？

いま

丸き背の鯨に添ひて眠りたし

吉行和子

飛び切り寒い日などにこの句のように眠ったら快適だろうなあ。自分も鯨になって。この句、岸田今日子さん、吉行和子さん、冨士眞奈美さんの共著『わたしはだれ?』(集英社)から引いた。この三人、俳句好きな女優として知られるが、この本には三人で行った愉快な句会の記事もある。「地の底に冬眠といふ宴あり」も和子さんの傑作。

むかし

汐曇り鯨の妻のなく夜かな

大島蓼太

汐曇りは、潮がさして来るときの水蒸気で空が曇ること。または、潮気のために海上が曇って見えること。以上、『日本国語大辞典』(小学館)にある説明。謡曲などに用例があるようだが、この言葉、私はまだ使ったことがない。ともあれ、汐曇りの夜、鯨の妻が鳴いているというのがこの句。夫を捜しているのだろうか。「鯨」が冬の季語だ。

「いま」

針金の荷札と枯草のいろいろ

上田信治

俳句は現代美術に似ている、というのが私の持論。だから、世界遺産を目指す俳壇の運動には反対だ。遺産ではなく、時代の表現の先端にこそ俳句は位置すべき、なのだ。そのことを芭蕉は、俳句は新しさが花、という言い方で示した。この句、句集『リボン』（邑書林）にある。荷札と枯れ草があるだけの情景（イメージ）だ。

「むかし」

枯草と一つ色なる小家《こいえ》かな

小林一茶

枯れ草の中に枯れ草色の小さな家があるだけの情景（イメージ）だ。野の一端を切り取っただけのこの情景は、現代美術に近いのではないか。その情景がいったいなんだ、と首をかしげる人もいるだろうが、分からないのもまたいかにも現代美術。要するに、野にあった一軒の粗末な家を展覧会場に置いた、それがこの一茶の句。

いま

探梅《たんばい》やかばんをもたぬ者同士

櫂未知子

季語「探梅」は冬の間に早咲きの梅を見にゆくこと。春になると、季語が「観梅」「梅見」に変わる。句集『カムイ』（ふらんす堂）から引いたこの句の「かばんをもたぬ者」は近所の人々？ それとも男どうしか。どちらにしても、気軽な身なりの人たちが探梅に来たのだ。その気軽さ、早咲きの梅に合っている。近づく春を感じさせもする。

むかし

誘はれてきしだけのこと探梅行

波多野爽波

「探梅行」とは要するに、早咲きの梅への吟行だ。それを、誘われてきただけのこと、というこの句の物言いがおもしろい。いやいやながら参加している感じ。梅よりも、早く居酒屋へ行こうよ、という気配だ。もっとも、わざわざ寒い思いをして探梅するから、その後の酒がいっそううまいのだが。

いま

ふとんからすぐにでられるゆきのあさ　中野隼人

『小学生のための俳句入門』（くもん出版）から。作者は作句当時、小学二年生だった。隼人君を起こすには、「雪だ！」と大声で叫べばよい。「長ぐつを買ってもらった雪よふれ」「新雪に飛びこむぼくがスタンプだ」「雪の日は外の木みんなすましてる」「雪だるま校庭にいる転校生」。これらも先の本にある小学生の句。どの句も楽しい。

むかし

雪の朝二の字二の字の下駄のあと　田捨女

この句、捨女が六歳の折に詠んだという。雪についた下駄の歯の跡を「二の字」と見た機知が楽しい。私は先年、友人たちと『捨女句集』（和泉書院）を出した。これは捨女の残した自筆の句集を翻刻し、解説などを添えたもの。だが、この本にこの句はない。この句、実はだれかが詠んだ句を、捨女の作とした伝説上の名句なのだ。

いま

寒晴やトランペットに映る青

渡邉美保

寒中、天気がいいと空がとっても青く、そして深く見える。その寒中の上天気が季語「寒晴」だ。この句、寒晴れの戸外でトランペットを吹いている。練習しているのだろう。青空が映ってトランペットがきらりと光った。ちなみに、寒中の練習はいわゆる寒稽古である。句集『櫛買ひに』（俳句アトラス）から引いた。

むかし

冬の日や馬上に氷る影法師

松尾芭蕉

寒晴れの馬上の人はあたかも凍った影法師だ、という句。「氷る影法師」という見方がおもしろい。一六八六年の作だが、この二年前、芭蕉は「水取りや氷の僧の沓《くつ》の音」とも詠んでいる。人や影が凍る、というイメージが芭蕉をとらえていたらしい。ちなみに「馬ぼくぼくわれを絵に見る夏野かな」は馬上の人の夏バージョン。

いま

足探りして湯婆《ゆたんぽ》にとどく趾《ゆび》

辻田克巳

「趾」は足のくるぶしから下を言う。この句では指。「足」と「趾」の使い分けに、湯たんぽを探る楽しさを感じる。句集『帰帆』（邑書林）から引いたが、作者は一九三一年生まれ。「俳句は詩」が一貫した主張だが、湯たんぽとの付き合いぶりがまさに詩的だ。次の句、湯気の立つごはんが実にうまそう。「醤油一滴新海苔の温ごはん」

むかし

湯婆に足そろへのせ誕生日

菖蒲あや

先日の句会で、どうして湯爺でなく湯婆なのか、という質問が出た。湯たんぽは正しくは「湯湯婆」と書き、「湯婆」は唐音でたんぽと読むらしい。現代の季語では「湯婆」だけでゆたんぽと読ませることが多い。この句、産湯の気分になっているのだろうか。この誕生日の祝い方、冬生まれの人だけにできる特権的な祝いかも。

いま

交番に立たされてゐる雪だるま

大島雄作

勤務中の警官が雪だるまを作って交番の前に立てたとする。その行為、仕事をサボったとしてとがめられるのだろうか。あるいは、小学生が勝手に雪だるまを作って交番の前に立てたらどうだろう。おまわりさんに叱られる？　雪だるまを作るような遊び心は、警官にも市民にもあるべきだろう。句集『一滴』（青磁社）から引いた。

むかし

雪だるま星のおしゃべりぺちゃくちゃと

松本たかし

星のおしゃべりを聞いて、雪だるまもしゃべりだしそう。私は雪だるま作りが好き。少しでも雪が積もると、飛び出して作ってきた。先年、道端で作っていたら、「うちの前には置かないでよ。いつまでも雪が残って迷惑するから」と言われた。その夜、その家の前に小さな雪だるまがぽつんと立っていた。あれ、誰が置いたのだろう。

いま

本物の狐はこんと鳴きませぬ

島雅子

キツネの本物の鳴き声を知らない。You Tubeで聞いたら、まるで猫の声のようだった。『角川俳句大歳時記』には「一月〜三月が交尾期で、コン、コンと高くよく通る声で鳴くのはこの時期である」とあった。とすると、コンと鳴くのは愛のささやきなのか。句集『もりあをがへる』（朔出版）から引いた。作者は相模原市に住む。

むかし

母と子のトランプ狐啼く夜なり

橋本多佳子

キツネ、タヌキ、クマ、イタチ、テン、アナグマ、ウサギなどの動物は冬の季語である。人家の近くなどに出没して冬に目立つ、それで冬の季語になったのか。あるいは、冬にとらえて毛皮を取り肉を食べたから？　では、この句のキツネはどんな声だろう。同時の作に「尾を見せて狐没しぬ霧月夜」「霧月夜狐があそぶ光のみ」がある。

いま

靴下手袋大嫌い俺猫だから

前田吐実男《とみお》

猫の気分になった句。作者は一九二五年生まれ。神奈川県鎌倉市に住んで、俳句結社「夢」を主宰した。この句は『俺、猫だから』(歴史探訪社)から。鎌倉を背景にした以下のような句もとても楽しい。「鎌倉や狸が減って爺が増え」「大仏さま汗もかかずに油照り」「鰺を干す目玉をみんな海に向け」「猫どもよ秋刀魚は丸ごと喰うものだ」。

むかし

手袋に五指を分ちて意を決す

桂信子

動物って靴下や手袋を喜ぶだろうか。新美南吉に『手袋を買いに』という人気の童話がある。子ぎつねが手袋を買いに行く話だが、きつねをあまりにも人間化している、とかつて批判した。大学生時代のゼミでの意を決しての発言だった。でも、総スカン。この句、「五指を分ちて」に意を決した気持ちが鮮明。

いま

躊躇無く人のマフラーして君は

藤田哲史

誰かのマフラーをためらいなく借りて、これ、暖かいね、とか言っている。その君のふるまいをちょっとやいている句だろう。好きな人が誰かと妙になれなれしくするとやく、その気分、私にも分かる。句集『楡の茂る頃とその前後』（左右社）から引いた。作者は一九八七年生まれ。「片時雨鳩サブレーにぽつんと目」も哲史さんの作。

むかし

襟巻の眼ばかりなるが走りよる

五百木飄亭

マフラーと呼ぶのが一般的だが、しばらく前までは襟巻とか首巻と言っていた。私などは首巻の呼称に親しい。この作者は日本新聞社で正岡子規の同僚だった。子規の死後は俳句よりも政治に関わったが、この句はとてもいいなあ。すっぽりと襟巻で覆って目ばかりが目立つ女性、その人が駆け寄ったのだ。あいびきの場面だろうか。

いま

美しき人とくしゃみをする約束

工藤恵

こんな約束、してみたいなあ。二人でいっしょにハクションをしたら、さて、どんなことが起こるのだろう。くしゃみは「くさめ」が元になった言葉。昔、くしゃみをすると早死にする、という俗信があった。そのころ、くしゃみをしたらすぐに「くさめ」と唱えた。「くさめ」は早死にを防ぐのに効果のあるまじないの言葉だった。

むかし

美しき眼をとりもどす嚔の後

小川双々子

「嚔」はくしゃみ、またはくさめ。『広辞苑』はそれを「一回ないし数回痙攣状の吸息を行った後、急に強い呼息を発すること」となんだかいかめしく定義している。要するにハクションだ。「くさめ」の語源については諸説があるが、民俗学者の柳田国男は「くそはめ」（糞くらえ）のつづまったものだと言っている（『少年と国語』）。

いま

吊革の揃って揺れて日脚伸ぶ

中村晋

句集『むずかしい平凡』(BONEKO BOOKS)から。作者は一九六七年生まれ、福島市に住む。季語「日脚伸ぶ」は、冬至以降に日照時間が次第に長くなることを言う。つまり、昼間の時間が長くなり、春が近づく。この句、電車の揺れる吊革にその近づく春の楽しさを予感している。吊革の揺れも敏感に季節を感じている、それを発見したのは俳人の目だ。

むかし

過ぎしこと再び言はず春を待つ

大橋越央子《えつおうし》

季語「春を待つ」は右の「日脚伸ぶ」と同じ気分をいう季語。この句、過去を話題にしないというその姿勢がいいなあ。前向きだ。〈私が「この老い方、いいな」と思うのは、必ず「好奇心」を持ってる人なのよ〉という言葉を連想した(『上野千鶴子のサバイバル語録』文春文庫)。好奇心はこの句の気分などから生じるだろう。

いま

ふるさとのもろみを箸に年送る

松尾隆信

季語「年送る」は、年というものを擬人化し、それを見送る気分をいう。芭蕉は『奥の細道』で、「月日は百代《はくたい》の過客にして、行きかふ年もまた旅人なり」と述べたが、今年という旅人が今まさに去って行こうとしている。その歳月の旅人を、故郷のもろみをさかなにして一杯やりながら見送っているのがこの句。酒がうまそう。

むかし

去年今年貫く棒の如きもの

高浜虚子

去年と今年を貫いている棒のようなものがある、という句。「去年今年」は旧年を送り新年を迎えることをいう季語だが、さて、その棒のごときものは何か。たとえば平和、あるいは愛？　家族の絆とか健康を思う人もあるだろう。私はというと、年酒でうつらうつらしている。このうつらうつらの快さをまた大事にしたい。「去年今年」は新年の季語。

掲載句一覧

坪内稔典（つぼうち・ねんてん）

一九四四年生まれ。俳人、歌人。正岡子規や夏目漱石の研究者としても知られる。著書に『坪内稔典句集』Ⅰ・Ⅱ、『俳人漱石』、『季語集』、『正岡子規―言葉と生きる』、『ねんてん先生の文学のある日々』、『ヒマ道楽』、『坪内稔典コレクション』全三巻など多数。

本書は「毎日新聞」の連載「季語刻々」（二〇一〇年五月～）から四百回分を選び、構成したものです。

俳《はい》句《く》いまむかし

第１刷　2020年８月30日
第２刷　2021年６月30日

著　者　坪内稔典《つぼうちねんてん》
発行人　小島明日奈
発行所　毎日新聞出版
〒102-0074
東京都千代田区九段南1-6-17　千代田会館５階
営業本部　03-6265-6941
図書第一編集部　03-6265-6745

印刷・製本　光邦

ISBN 978-4-620-32644-3